NAGEUR DE RIVIÈRE

Du même auteur

Légendes d'automne, Robert Laffont, 1981
Sorcier, Robert Laffont, 1983
Nord-Michigan, Robert Laffont, 1984
Un bon jour pour mourir, Robert Laffont, 1986
Faux-soleil : l'histoire d'un chef d'équipe américain, Robert Corvus Strang, racontée à Jim Harrison, 10-18, 1988
Dalva, Christian Bourgois, 1989
Wolf : mémoires fictifs, Christian Bourgois, 1991
La Femme aux lucioles, Christian Bourgois, 1991
Entre chien et loup, Christian Bourgois, 1993
Théorie et pratique des rivières, L'Incertain, 1994
Julip, Christian Bourgois, 1995
La Route du retour, Christian Bourgois, 1998
Lettres à Essenine, Christian Bourgois, 1999
Lointains et Ghâzals, Christian Bourgois, 1999
En route vers l'Ouest, Christian Bourgois, 2000
Le garçon qui s'enfuit dans les bois, Seuil « Jeunesse », 2001
Aventures d'un gourmand vagabond, Christian Bourgois, 2002
En marge : mémoires, Christian Bourgois, 2003
De Marquette à Veracruz, Christian Bourgois, 2004
L'été où il faillit mourir, Christian Bourgois, 2006
Retour en terre, Christian Bourgois, 2007
Une odyssée américaine, Flammarion, 2009
Les Jeux de la nuit, Flammarion, 2010
Grand Maître, Flammarion, 2012
Une heure de jour en moins : poèmes choisis 1965-2010, Flammarion, 2012

JIM HARRISON

NAGEUR DE RIVIÈRE

Traduit de l'anglais (États-Unis)
par Brice Matthieussent

Flammarion

Titre original : *The River Swimmer*
Éditeur original : Grove Press
© Jim Harrison, 2013
Pour la traduction française :
© Flammarion, 2014
ISBN : 978-2-0812-6209-6

À Andrew et Anna

AU PAYS DU SANS-PAREIL

PREMIÈRE PARTIE

I

Clive se réveilla avant l'aube dans un motel
d'Ypsilanti, dans le Michigan, convaincu que presque
toutes les femmes de la planète avaient épousé un
homme qui ne leur convenait pas. À soixante ans,
il vivait en célibataire depuis vingt ans, mais son
divorce était toujours la rupture la plus douloureuse
de son existence. Il avait ensuite perdu le feu
sacré, du moins le crut-il alors, et il renonça à
peindre pour devenir professeur d'histoire de l'art,
courtier, expert, homme à tout faire du monde de
la culture. En fait, il avait laissé le temps brouiller
les cartes et la rupture était loin d'être aussi claire.
L'année précédant son divorce, un critique du
Times avait qualifié de « ridiculement décorative »
sa dernière exposition dans une galerie new-yorkaise,
le baiser de la mort pour un peintre abstrait et le
baiser d'adieu à une galerie qui sur les trente
tableaux exposés en avait seulement vendu deux à
l'un des rares collectionneurs de Clive, et encore
avec un fort rabais.

Ypsilanti n'était pas sa destination finale, mais une simple étape dans son trajet vers le nord Michigan où il comptait s'occuper de sa mère de quatre-vingt-cinq ans et à demi aveugle, pendant que sa sœur ferait son premier voyage en Europe. Au téléphone, elle lui avait reproché d'y être lui-même allé plus de trente fois, alors qu'elle n'y avait jamais mis les pieds. Un tel arrangement n'aurait guère été possible si sa prestigieuse université de l'Ivy League ne lui avait accordé un congé exceptionnel de trois mois, suite à un malheureux incident ayant abouti à un geste d'autodéfense anodin mais désastreux. Durant sa conférence annuelle, l'une des obligations inhérentes à sa chaire de sciences humaines, une dizaine de membres d'un groupe baptisé les Têtes de l'Art avaient envahi la scène, et leur chef, une mince jeune femme à la stature amazonienne, avait lancé un pot de peinture jaune sur son costume préféré (acheté sur Savile Row) avant de lui frapper le buste de ses phalanges pointues en criant : « Enculé sexiste ! » Il la repoussa, elle tomba de l'estrade à la renverse, se fendit le crâne et se brisa la clavicule. Heureusement pour Clive, la conférence avait été filmée, mais le doyen de l'Université lui déconseilla de porter plainte pour agression. La jeune femme, elle, porta plainte, mais son avocat, qui avait vu la vidéo, lui déclara qu'il ne pourrait pas lui faire gagner un seul dollar sur ce coup-là.

Au-delà d'une longue liste de troubles névrotiques, de problèmes conjugaux et professionnels,

Clive était un homme doté d'une bonne humeur rare et d'une mémoire prodigieuse. Il se souvenait du nom de tous les gens qu'il rencontrait, depuis les membres de la haute société jusqu'aux employés d'épicerie, aux concierges d'immeuble et aux femmes de ménage. Enfant, les noms des gens l'avaient fasciné et depuis toujours il tenait un journal des noms. Dans son second métier d'expert en art – sa spécialité étant l'art américain du dix-neuvième siècle – pour des successions, des compagnies d'assurance ou des procédures de divorce, il connaissait le nom d'une dizaine de portiers de l'Upper East Side à Manhattan. Ayant toujours le cœur à gauche, il tenait à se faire appeler par son prénom, si bien que ces portiers lui disaient « Mister Clive ».

Après avoir roulé douze heures d'affilée puis ingéré un dîner tardif et mortellement ennuyeux à Ypsilanti, il laissa libre cours à ses deux seuls sujets de colère. Le premier tenait à son costume préféré et fichu, ce qui le mettait dans une rage noire. Ce vêtement était irremplaçable, d'autant que Clive avait perdu près de soixante-dix pour cent de la valeur de son modeste portefeuille d'actions lors de la récente crise économique. Il avait eu la mauvaise idée de suivre les conseils d'un inconditionnel des *hedge funds* qui avait lui-même perdu deux milliards de dollars. Cet homme frôlait la crise cardiaque depuis un an, car il avait acheté de nombreux tableaux à des prix exorbitants, dont il devait maintenant payer la moitié de la valeur à son ex-épouse lors de la procédure de divorce.

La nuit, perturbée par une modeste indigestion, le poussa à se demander pourquoi la tourte à la viande servie dans un banal restaurant familial contenait autant de romarin, l'herbe aujourd'hui la plus galvaudée en Amérique. Ce qui le mena tout droit au sujet principal de sa colère, qu'il tendait à partager seulement avec quelques amis. C'était la cupidité. Une cupidité sans entrave. Clive avait arrêté de peindre vingt ans plus tôt, mais sur le chapitre de l'art il était resté un idéaliste romantique. Voilà vingt-cinq ans qu'il remarquait le pourcentage croissant de gens qui, lorsqu'ils parlaient d'art, parlaient seulement du marché de l'art et de la valse des prix. Certains jours, ils ne parlaient que de ça. Il avait renoncé depuis belle lurette à faire remarquer aux amateurs que l'art et le marché de l'art étaient deux choses entièrement différentes. Clive n'était pas très fort en socio-économie, sinon le problème lui aurait paru enfantin. La prose universitaire se passant de toute qualité esthétique, c'était tout ce qu'exigeait cette obsession de l'argent. Il s'agissait là d'un crime brutal, aux antipodes des idéaux d'un gamin de dix ans, déposé à la bibliothèque publique de Big Rapids pour se plonger dans des livres d'art qui lui donnaient la chair de poule, tandis que ses parents faisaient leurs courses chez l'épicier et à la quincaillerie avant d'aller acheter des aliments pour bestiaux au silo à grains. La goutte d'eau qui fit déborder le vase du blasphème ne fut pas un tableau, mais, lors d'une vente parisienne, une enchère de vingt-huit millions de dollars pour une seule et unique chaise ayant appartenu à Yves Saint Laurent. Curieusement, ses nombreux amis et connaissances français et italiens parlaient rarement d'argent. Ils n'avaient pas forcément meilleur goût que les autres, mais ils semblaient trouver déplacées les conversations liées à l'argent.

Il était seulement cinq heures du matin et il n'avait pas envie d'attendre encore deux heures l'ouverture de Zingerman's, dans la ville voisine d'Ann Arbor, pour acheter quelques succulentes et rarissimes provisions de bouche. Il passerait sa commande au téléphone et se ferait livrer par FedEx, ce qui irriterait son avare de mère. La veille au soir, il avait eu envie de dîner au Zingerman's Roadhouse, mais l'absolue certitude de rencontrer là une connaissance l'en avait dissuadé. Voilà plus de quinze ans, il avait commencé sa carrière d'enseignant à l'université du Michigan, mais la perspective de devoir expliquer son récent bain de boue à un ancien collègue était absolument inacceptable. Internet et la malédiction des mails assuraient que les pires potins auraient ensuite circulé. Le *New York Times* s'était contenté d'un entrefilet, mais le *Washington Post* avait publié une photo de Clive louchant vers la peinture jaune qui maculait son costume.

Tous ces tracas s'envolèrent lorsqu'il dut partir de bonne heure pour éviter les embouteillages matinaux et qu'il découvrit les splendides bourgeons printaniers. Depuis l'enfance le mois de mai était son préféré, et parcourir environ trois cents kilomètres en voiture vers le nord jusqu'à ce qu'il restait de l'ancienne ferme était étrangement revigorant à cause de toutes ces variations atténuées d'un printemps certes beaucoup plus spectaculaire dans le sud, mais toujours visible, en remontant vers le nord, dans le bourgeonnement des arbres et le vert tout neuf de pâtures où paissaient des vaches holstein noires et blanches, toute cette effervescence purgeant son esprit des soucis liés à son gagne-pain. Entre Big Rapids et Reed City il bifurqua vers l'est sur une route de gravillon, puis il s'arrêta près d'un marais, ouvrit les fenêtres de la voiture pour écouter la cacophonie gazouillante de centaines de carouges à épaulettes et, de l'autre côté de la route, les chants plus suaves des sturnelles. Il se rappela avec un respect immodéré le plaisir grandissant qu'il prenait, à dix ans, en regardant des tableaux et en écoutant de la musique classique, l'absence de *l'esprit* dans cet amour nouveau. Comme il était merveilleux d'aimer une chose sans les compromis du langage !

II

Pour des raisons de clarté, Clive découpait volontiers sa vie en paragraphes dans son journal, une habitude datant de l'adolescence. Toutes ces pages griffonnées, sans parler de sa lecture compulsive des meilleurs ouvrages de littérature, eurent pour bénéfice de lui apprendre à bien écrire. Il rédigea néanmoins l'un de ses paragraphes les plus véhéments après avoir renoncé à la peinture, alors qu'il était en troisième cycle à l'université du Michigan. L'un de ses professeurs, ayant beaucoup apprécié une dissertation de Clive sur Blumenschein, un peintre de l'école de Taos, lui avait dit : « C'est une bonne nouvelle que tu laisses tomber la peinture ! Tu écris trop bien pour un peintre. Les peintres écrivent mal.

— Et Robert Motherwell ? avait demandé Clive, toujours agacé par ce genre de déclaration à l'emporte-pièce.

— Motherwell, c'est du passé », répondit le professeur en tripotant sa pipe en écume de mer avant d'entamer l'un de ses gribouillages géométriques.

Beaucoup de ses étudiants en troisième cycle le surnommaient « Gribouille ».

Clive s'était contenté d'un simple signe de tête avant de quitter le bureau avec un sourire. Après tout, il venait de recevoir des compliments aussi généreux que prophétiques pour sa dissertation sur Blumenschein. Malgré une cote désastreuse qui dura quatre-vingts ans, un tableau de Blumenschein finit par se vendre plus d'un million de dollars, ce qui bien sûr ne fit ni chaud ni froid à l'artiste depuis longtemps décédé. Après cette rencontre horripilante avec son professeur, Clive eut envie d'un café et il fit halte pour prendre quelques notes dans son calepin, lesquelles seraient ensuite transférées dans son journal sous forme d'un paragraphe laconique :

On vient de m'annoncer que Motherwell c'est du passé. L'autre jour seulement, au café, j'ai déclaré à un futur docteur ès musique que j'adorais lire Steinbeck. Il a ricané et pouffé comme s'il venait de me surprendre en train de me masturber en me curant le nez. « Personne ne prend Steinbeck au sérieux », a-t-il sifflé. Ce jeune homme écrit sa thèse sur un compositeur nommé Harold Arlen, que je connais mal. Dans les grandes villes et les centres universitaires de l'arrière-pays, des guignols décident sans cesse de qui est dépassé ou pas. Ils me rappellent certains habitués de mes clubs de jazz new-yorkais préférés comme le Five Spot ou Slugs, des types super branchés qui semblaient croire que la musique qu'on y jouait dépendait de leur seule présence.

Il rata l'entrée de l'allée de sa mère, peut-être exprès. Il n'était pas encore prêt, d'ailleurs il ne le serait jamais, pensa-t-il. « Qu'est-ce que c'est que ça ? » s'écria-t-il dans la voiture. N'étant pas revenu depuis trois ans, il n'avait pas revu le fourré de vingt arpents planté par sa mère quarante ans plus tôt, après le décès de son père. Au cours de ces trois années de pluies torrentielles, ce fourré s'était développé de manière exponentielle, et des millions de petites feuilles vert pâle montraient leur face inférieure dans les bourrasques de la fin de matinée. Le fourré abritait la retraite de sa mère loin du monde des hommes, qu'à presque tous égards elle trouvait peu ragoûtant. Dans ce laps de temps, sa mère lui avait rendu deux visites à New York avec sa sœur, moyennant quoi il avait sombrement piétiné derrière elle pendant deux jours au Musée d'histoire naturelle. Elles avaient séjourné chez Clive, dans son modeste appartement de West End Avenue devenu trop cher pour lui, car le loyer avait augmenté de cinq cents pour cent en dix-sept ans. En écoutant ses doléances, l'agent immobilier avait levé les bras au ciel et lancé : « Pas de bol ! » Sa mère à la vision déclinante avait dû presser le nez contre la vitrine protégeant des milliers d'oiseaux morts et empaillés, en disant : « Mon Dieu ! »

Au téléphone, Margaret l'avait prévenu : après l'avoir accompagnée à l'aube jusqu'à l'un de ses sites préférés d'observation des oiseaux, il lui faudrait se tenir prêt en prévision du moment où elle utiliserait le sifflet à chien pour qu'il retourne la chercher. Cette conversation téléphonique remontait à quelques jours seulement, et dans son présent abattement l'idée d'être appelé avec un sifflet à chien lui plaisait assez.

Il parcourut encore un bon kilomètre sur la route gravillonnée en s'éloignant de la maison de sa mère, car il refusait d'affronter la charge émotionnelle liée au paysage de son enfance. Il fut de nouveau distrait par l'image du squelette de baleine suspendu au plafond de l'énorme salle du musée Field de Chicago. Envisager de peindre un quelconque sujet était devenu un tabou très strict, mais face à la baleine ce fut plus fort que lui. Il guidait sa mère jusqu'à un banc, parfois dans une salle remplie de mornes serpents empaillés, il lui disait de rester là, puis il sortait fumer une cigarette. Cette fois, à son retour, il s'arrêta, leva les yeux vers la baleine et réfléchit à une peinture holographique de l'immense cage thoracique, vue depuis l'intérieur des côtes. Il avait vaguement caressé l'idée de trouver un atelier quelque part et de peindre ce tableau, malgré son vœu, remontant à vingt ans, de ne plus jamais toucher à un pinceau.

Il s'engagea dans l'allée de Laurette, sa petite amie au lycée. Le propriétaire actuel avait accompli, selon Clive, un boulot répugnant d'amélioration de l'ancienne ferme en ajoutant des chiens-assis avec rideaux à volants et des garnitures en cuivre brillant aux angles du toit. Les parements en séquoia semblaient incongrus aussi loin de la Californie et la pelouse était ridiculement manucurée et décorée de plates-bandes géométriques. Les bosquets de lilas avaient disparu, tout comme le pneu de la vieille balançoire où Laurette chantait « Zip-a-dee-doo-dah », la chanson de Walt Disney, en se balançant toujours plus haut. À dire vrai, il n'avait jamais été le petit ami officiel de Laurette, qui l'ignorait complètement durant les heures d'école. Tous deux avaient grandi comme des enfants de la campagne, voisins mais solitaires, et ils restaient proches à l'extérieur du petit lycée où Laurette faisait partie de la bande des jeunes « dans le vent ». La seule période de l'année où il était officiellement accepté, c'était l'automne, à cause des matches de football américain où l'entraîneur bien sûr fasciste avait fait de lui un arrière-centre et, malgré le peu de joueurs talentueux dans l'équipe du lycée, il y avait une douzaine de garçons de ferme bien costauds qui suffisaient d'ordinaire pour écraser les écoles citadines. Après la saison de football il redevenait « le petit Frenchy », car dans son obsession pour l'art en classe de troisième il avait découpé la mince visière d'une casquette pour en faire un béret. Rien ne vous tombe dessus plus vite qu'un surnom. Son ami Luke Carlson qui, à quatorze ans, mesurait un mètre

21

quatre-vingt-dix et pesait cent kilos, fut surnommé Grosse Bite parce qu'il avait un gros pénis. C'était très gênant pour Luke, car les membres de sa famille et lui-même étaient de fervents luthériens et à l'école la moindre allusion vaguement sexuelle faisait rougir à l'unisson Luke et ses sœurs très potelées.

Après avoir fait demi-tour, Clive s'aperçut qu'il roulait vers la maison de sa mère à moins de trente à l'heure, ce qui le fit éclater de rire. Il l'avait toujours traitée avec une affection décontractée malgré ses piques, car certaines mères sont redoutables. Clive reconnaissait que la sienne avait détesté Laurette à cause des souffrances infligées par la jeune fille à son fils. Laurette avait été une adolescente caustique et impitoyable. Margaret, la sœur de cinq ans plus jeune que Clive, parlait toujours de Laurette comme de « la salope ». Avec ses amies, Laurette s'était bel et bien moquée de lui quand à quatorze ans il avait vendu ses modestes paysages cinq dollars pièce lors d'une foire de comté, disposés sur une table après leur avoir fabriqué de jolis cadres en hêtre avec la boîte à onglets de son père. Une femme distinguée avait acheté trois de ses paysages, puis arraché les peintures ensuite abandonnées sur la table, avant de s'éloigner en déclarant : « Je voulais seulement les cadres. » Fou de rage, Clive avait lancé ses peintures vers la porcherie. Laurette et ses amies éclatèrent de rire tandis que Clive rejoignait en courant le parking et la Ford Model A qu'il venait d'acheter cinquante dollars. En chemin il s'empara d'un petit crétin dans le vent et installa le garçon qui se débattait sur le poney d'un manège, ce qui fit beaucoup rire la foule. Les jeunes paysans n'essaient pas d'être forts, c'est le travail qui les rend ainsi. Ce soir-là, Laurette passa le voir pour lui donner les trois paysages en disant qu'elle avait essuyé le caca de cochon sur l'un d'eux. Clive était toujours en colère mais reconnaissant. Elle le gronda sous prétexte qu'il avait maltraité son ami. Clive ne voulait pas être costaud, il désirait être un esthète délicat.

III

Par chance, le déjeuner fut bref. Chez Mère on mangeait ce qu'on vous servait, et selon les proportions qu'elle jugeait appropriées. Dans le cas présent, ce fut une tasse de fromage blanc avec une compote de pommes maison venant d'un arbre situé par-derrière, et un demi-sandwich garni d'un délicieux jambon fumé par un voisin dans son propre petit fumoir qu'à la fin des années soixante, après le décès du père de Clive, ce voisin avait acheté et aidé à démonter. En guise de dessert surprise, Clive eut droit à un minuscule carré au citron. Quand Mère partit faire sa sieste, il sortit et s'assit sur la terrasse en bois avec Margaret.

« Le déjeuner a été léger. Hier soir, après dîner, elle a mangé neuf carrés au citron et aujourd'hui elle tient à reprendre son régime.

— Mon Dieu, neuf ? » lâcha Clive sans le moindre intérêt. Sa mère suivait un régime depuis des décennies.

« Elle a dit que de toute façon elle allait mourir, alors pourquoi ne pas manger neuf carrés au citron ?

Mais ce matin elle a seulement eu envie d'un œuf poché et d'une biscotte Wasa. J'espère que tu sais pocher les œufs pour qu'ils soient mous mais pas trop. » L'embarras manifeste de son frère fit rire Margaret.

« Je n'ai jamais poché un seul œuf de ma vie, marmonna-t-il.

— Je te donnerai un cours cet après-midi. Où as-tu trouvé ce magnifique pantalon ?

— À Florence en octobre dernier. Les habitants appellent leur ville Firenze. » Clive adorait porter un vêtement acheté lors de ses dizaines de voyages en Europe. Une légère veste d'été tissée à la main et coupée sur mesures à Cordoue, un ample veston en velours côtelé de Calabre, une demi-douzaine de pantalons en lin achetés à Nice et autant de chemises en lin du même tailleur, couleur crème et blanc cassé, un gilet de boucher en cuir acquis dans l'ouest de la Bourgogne, des bottines venant d'un cordonnier de Dublin et qu'il ressemelait tous les sept ans. Lors d'une fête après une réunion au Lincoln Center, Tommy Hilfiger lui avait dit : « Mon Dieu, mais qui vous habille ? C'est fabuleux ! » Clive ne portait jamais de cravate, car il croyait dur comme fer que tous les malheurs politiques et financiers de la nation étaient dus à des hommes qui en portaient une.

« C'est parti, mon petit gars ! Je t'ai scotché les consignes sur le frigo. » Margaret éclata encore de rire. « Un mois, c'est rien, non ? En tant que

New-Yorkais, tu vas détester l'emmener à six heures du matin, après le café, sur un de ses sites d'observation des oiseaux. Je t'ai fait une carte, j'ai numéroté un certain nombre de sites.

— Merci. De toute façon, j'ai l'habitude de me lever à sept heures », mentit-il en se demandant distraitement pourquoi les gens racontaient autant de bobards sur l'argent, l'alcool et l'heure à laquelle ils se levaient le matin. Au moins les habitants du Midwest rural mentaient sur leurs heures de sommeil, car depuis la plus tendre enfance on leur martelait sans pitié que « l'avenir appartient à ceux qui se lèvent tôt ». Ainsi, les paysans du Midwest se levaient souvent dans l'obscurité et ensuite attendaient patiemment le point du jour. Au moins avec son père, il y avait des tâches à accomplir. Il fallait nourrir les vaches ainsi que le dernier vieux cheval de trait. Armé d'une fourche, Clive donnait du foin aux six vaches holstein et à Jerry, le cheval de trait, ultime rescapé d'un équipage condamné à la retraite par l'achat de leur premier tracteur, quand Clive avait six ans.

Margaret l'aida à monter ses bagages jusqu'à son ancienne chambre située au premier étage, à l'arrière de la maison. Clive n'avait pas dormi dans cette chambre depuis plus de dix ans, lui préférant un motel de Reed City lorsqu'il était en visite et que sa mère était toujours sur le sentier de la guerre. Elle commença seulement de s'adoucir après quatre-vingts ans, et durant sa dernière visite à New York en compagnie de Margaret elle avait saisi la main de son fils au-dessus de la table de la cuisine tout en s'extasiant sur les qualités de danseur de polka de son époux.

« Toutes les femmes m'enviaient les talents de danseur de Ralph. Je te prie de croire qu'il levait les genoux bien haut pour la polka et toujours en rythme avec la musique. »

Elle n'avait jamais été du genre à s'emparer de la main de quiconque. Margaret partit joyeusement vexée d'avoir porté à l'étage une des trop lourdes valises en cuir marocain de son frère. Il remarqua qu'elle était très heureuse après son divorce trois ans plus tôt à Chicago, où elle avait dirigé le laboratoire d'un gros hôpital. Clive avait méprisé son mari informaticien, un crétin technocrate d'une espèce trop répandue, mais le couple avait engendré deux fils formidables aujourd'hui âgés d'environ vingt-cinq ans. Sa mère se plaignait constamment de ce qu'elle mourrait probablement sans arrière-petits-enfants, car les garçons de Margaret ne semblaient guère attirés par le mariage, et Sabrina, la fille de Clive qu'il ne voyait plus, ne paraissait pas davantage prête à convoler. Sabrina préparait un doctorat en sciences de la terre, quoi que cela veuille dire, à l'université de Washington, à Seattle. Il trouvait extraordinaire qu'une fille aussi riche ne se soit jamais comportée en enfant gâtée. Leur différend avait eu lieu trois ans plus tôt, alors qu'ils mangeaient chez Babbo, à la veille du quatrième mariage de son ancienne épouse à Santa Monica, où elle avait une maison à côté de San Vicente.

« Ta mère se paie des maris comme on s'achète des colifichets », avait-il distraitement déclaré en buvant toute une bouteille d'amarone. Sabrina s'était contentée de deux verres de frioul bon marché.

« Papa, ce que tu viens de dire est parfaitement con. Elle a besoin de l'amour que tu ne lui as jamais donné, ça c'est sûr. Tu ne pensais qu'à ton ambition. Tu n'as même pas assisté à ma remise de diplôme ! »

Sabrina lança sur la table deux billets de cent dollars, une habitude de sa mère, ce lancer de billets. Il avait manqué le diplôme de sa fille à Wellesley, parce qu'il se trouvait en France, près de Saint-Rémy, occupé à évaluer la collection d'un Américain sur le point de divorcer. Pour faire des économies sur le partage des biens, cet homme avait une seule envie : qu'on déclare faux ses deux Matisse. Sabrina avait rejoint la porte du restaurant sans même toucher à sa côte de veau, puis les appels téléphoniques de son père ainsi que ses lettres restèrent sans réponse. Il avait rapporté la côte de veau à l'appartement qu'il occupait. Depuis lors, Sabrina rendait deux ou trois visites annuelles à sa grand-mère et, lors de ses séjours, logeait sans doute dans cette même chambre, pensa-t-il.

Peut-être que tout ça était lié à des illusions d'intégrité. Alors âgé d'une vingtaine d'années, il était obsédé par l'idée de ne pas faire de compromis, quand personne ne lui demandait d'en faire le moindre. À cet âge, une certaine raideur semblait nécessaire pour s'isoler de sa propre confusion et inventer la personne qu'on allait devenir. Sabrina et sa grand-mère avaient toujours communiqué librement grâce à leur passion commune pour le monde naturel. Il ne partageait rien de tel avec aucune des deux, car ces deux femmes se désintéressaient étrangement de sa propre passion pour l'art.

Il s'assit dans un fauteuil, tout près de la fenêtre de sa chambre d'enfant. Margaret avait méticuleusement nettoyé la pièce, mais sans réussir à en chasser l'odeur de renfermé et de moisi typique des chambres inutilisées. Au-dessus du très vieux lit en fer peint en blanc et aux montants couronnés de glands de cuivre, étaient accrochés trois de ses paysages de jeunesse, où seul *Étang à l'aube* témoignait de quelque talent, car Clive avait bien rendu la brume qui s'élevait de l'eau et l'étrange flou des nénuphars, un effet volé à Monet. Beaucoup plus intéressantes à ses yeux étaient les distorsions ondoyantes proposées par le verre très ancien des vitres, et le grillage rouillé et déchiré situé derrière. Une araignée tentait d'extraire de ce maillage l'une de ses huit pattes, ce qui mit Clive mal à l'aise. Il franchit la porte ouverte et sortit dans le couloir. Il essaya de ne pas voir deux tableaux de jeunesse accrochés au mur par Margaret, mais il y renonça et les examina avec soin. Il aimait moyennement la tête de Jerry, le cheval de trait, mais il attribua cette indulgence à la sentimentalité. L'autre était une description très approximative du tracteur John Deere vert de Papa, peinte à la demande de celui-ci. Il y avait trop de vert, car son père avait garé le tracteur devant un bosquet de lilas aux fleurs molles et desséchées après qu'elles eurent perdu tout leur éclat. Il y avait eu un léger désaccord avec son père, un ardent supporter qui avait commandé sur le catalogue Montgomery Ward et payé douze dollars le premier kit d'aquarelle de Clive. Son père voulait que soient parfaitement nets à la fois le tracteur, le lilas, et tout le fond incluant le hangar du matériel agricole, ce qui avait d'abord plongé l'artiste de douze ans dans un état de profond énervement, mais fini par le ravir. Clive avait patiemment expliqué qu'une peinture n'était pas une photographie. Il n'avait rien contre les instantanés, mais ce n'était pas ainsi qu'on voyait le monde. Quand nous regardons ce qui nous entoure, nos yeux ne font pas la mise au point en même temps sur tous les objets de notre environnement. Son père et lui avaient passé un moment formidable à déambuler dans la cour de la grange en examinant toutes sortes de choses. Son père avait aimablement remarqué que, lorsqu'on levait les yeux vers le nid d'hirondelles sous l'auvent de la grange, les lattes de bois du mur n'étaient pas nettes, tout comme le toit en métal. Et quand on regarde une poule bien précise dans un groupe de trente poulets, on ne voit certes pas tous ces volatiles avec une précision photographique.

31

Quand Jerry lève son énorme tête au-dessus de l'abreuvoir, on voit un instant l'eau dégouliner de son museau dans l'éclat du soleil, mais on ne voit rien d'autre. Poussé par son sens implicite de l'équité, Clive avait déclaré que les grands photographes imitaient plus probablement les peintres que l'inverse.

Clive pivota dans le couloir et regarda le prétexte de ses premiers travaux. La fenêtre du couloir faisait partie d'une porte qui donnait sur les vingt arpents de fourrés. Il venait d'avoir cinq ans quand son père récupéra cette porte dans une église de campagne abandonnée, à quelques kilomètres d'ici par la route, en recouvrant la plate-forme du pick-up de sacs à patates vides en toile de jute. Clive, qui l'avait accompagné en clopinant dans sa salopette OshKosh miniature, aux bretelles pendantes, s'inquiéta un peu de voir son père voler ainsi. Cette porte aménagée à l'étage était indispensable, car une tante vieille fille, affligée d'une phobie du feu, vivait avec eux, et son père avait installé cette porte à l'étage ainsi qu'un escalier extérieur en bois, au cas où la tante aurait eu à fuir une maison en feu. Cela s'était passé cinquante-cinq ans plus tôt, l'escalier construit à la va-vite avait disparu, mais la porte était restée, aujourd'hui condamnée par des clous.

C'était cette porte qui permettait autrefois au jeune Clive d'accéder aux mystères de la vision. L'extérieur était constitué de dizaines de morceaux de verre au plomb biseauté, et le garçon qui regardait à travers chaque fragment avait droit à une vision spécifiquement distordue du terrain vague, aujourd'hui un fourré et des pâtures retournées à l'état sauvage. À soixante ans, Clive s'agenouilla par terre et regarda à travers les petits panneaux du bas comme s'il avait de nouveau cinq ans. Un oiseau s'envola et le fit sursauter, puis il se releva soudain et ce voyage temporel lui causa une espèce de vive démangeaison cérébrale. En descendant l'escalier, il se rappela une conférence qu'il avait donnée sur les origines de la peinture, pourquoi un enfant cadre des carrés de réalité entre ses doigts tendus et examine les mystères du monde délimités par ce carré, ou pourquoi dans une maison il tourne la tête à gauche et à droite afin de modifier sa vision du monde à travers des vitres colorées. Il avait achevé sa conférence de manière polémique, par une citation du critique littéraire Randall Jarrell, qui avait écrit à sa femme : « Quel dommage que nous ne vivions pas à une époque où les peintres s'intéressaient encore au monde. » Ce regret mit bien sûr en rogne les expressionnistes abstraits de son public new-yorkais, mais Clive, ayant abandonné la peinture, n'avait plus aucun territoire à protéger. Il soutenait la liberté de chacun de faire ce qu'il avait envie de faire, à condition que tous ne fassent pas la même chose. Dans les années soixante-dix et quatre-vingt, il y avait selon lui au moins vingt mille peintres abstraits dans les écoles d'art et les universités du pays. Il avait remarqué un phénomène similaire tous les matins, quand il écoutait rituellement le *Writer's Almanach* de Garrison Keillor, les dates de naissance et les résumés biographiques d'écrivains, le tout s'achevant par un poème contemporain. Lecteur passionné, il avait remarqué que les romans, les nouvelles et les poèmes lus par Garrison s'attachaient tous à décrire les petites mesquineries tragi-comiques de la vie de banlieue. Peut-être que, comme pour les peintres, il y avait vingt mille diplômés de l'université qui enseignaient l'écriture et la poésie ? En tout cas, toutes ces supputations l'avaient lassé. Le simple fait de prononcer l'expression « les arts » lui faisait mal à la gorge, et des âneries comme « un riche héritage culturel » lui donnaient envie de vomir. Il avait oublié qui avait dit : « L'art ne peut survivre à ses propres abstractions. » Dans son ancienne chambre, il évita soigneusement de regarder l'étagère remplie de livres située de l'autre côté du lit.

Il décida d'aller se promener. Il traversa le salon sur la pointe des pieds, pour ne pas réveiller sa mère qui dormait assise sur le canapé, un grand livre sur les rapaces ouvert sur les genoux. Il s'arrêta devant le réfrigérateur pour prendre un morceau du délicieux jambon et, à cet instant précis, entendit la voix de sa mère :

« Fils, ce jambon est réservé au dernier petit déjeuner de Margaret et pour un sandwich que je lui préparerai avant son départ. Qui sait ce qu'elle trouvera à manger en Europe ? »

Il s'enfuit sans demander son reste. Il avait hâte d'effectuer une reconnaissance dans les fourrés pendant que Margaret était toujours là, afin de lui poser toutes les questions qu'il jugerait pertinentes, mais dans sa précipitation il avait hélas oublié de prendre la carte établie par sa sœur et fixée à la porte du réfrigérateur par un aimant, ainsi que l'aérosol d'anti-moustiques conseillé par Margaret. Le *New York Times* avait récemment publié un article troublant sur l'importance de faire pipi avant de se mettre au volant, car le besoin biologique d'uriner risquait fort de compromettre vos compétences automobiles. La mastication du jambon et la voix de sa mère lui avaient fait oublier la carte et l'anti-moustiques.

Il rejoignit d'abord à pied la route gravillonnée pour avoir une vue générale du nord et du sud, ainsi que de la position du soleil en cet après-midi. Le sud était distrayant, car il apercevait la maison de Laurette, distante d'un bon kilomètre, et puis une allée de ferme longée de peupliers de Lombardie vers l'ouest, le décor d'un souvenir encore étrangement à vif après plus de quarante ans. Il constata avec agacement que cette ferme était restée incrustée dans sa mémoire, même s'il aurait donné très cher pour l'oublier. Ce souvenir irrésistible, accompagné d'une sensation de plaie à vif comme la blessure laissée par une dent arrachée, explosa dans sa conscience à la seule vue de l'allée bordée d'arbres menant à la ferme, et avant même de s'engager sur le sentier des fourrés. Deux soirs avant la remise des diplômes, il avait déposé sa chérie à Reed City, puis Laurette et plusieurs de ses amies lui avaient fait signe de s'arrêter sous un lampadaire. Les filles de la bande « dans le vent » venaient d'achever leur sortie traditionnelle, elles étaient toutes un peu ivres et défoncées après avoir fumé l'herbe locale plutôt faiblarde baptisée Indiana Red. Toutes se mirent à crier « Frenchy ! » alors qu'en temps ordinaire elles n'auraient même pas daigné remarquer sa voiture qui passait. Le problème était que la fille censée ramener Laurette chez elle dans sa voiture était dans les choux : Clive accepterait-il de s'en charger ? Bien sûr. Toutes ces filles s'étaient baignées nues, Laurette avait les cheveux mouillés et elle sentait bon l'eau du lac. Elle avait la tête qui ballait un peu, et sa voix d'habitude sèche semblait émoussée. Ils bavardèrent comme ils le faisaient depuis le jardin d'enfants.

« Tu sors d'un rencard torride avec Tania ? demanda-t-elle sans beaucoup d'intérêt.

— Bien sûr. On a baisé comme des malades, dit-il pour la taquiner.

— Je te crois pas ! s'écria-t-elle en riant.

— Si tu le dis, on n'a rien fait. » Clive et Tania avaient gentiment fait l'amour. Tania était une espèce de hippie, ce mouvement avait envahi l'arrière-pays en 1968. Clive et elle étaient les seuls élèves de la classe qui lisaient vraiment, si bien que les autres trouvaient leur proximité parfaitement naturelle.

« Tu te rends compte. Six cents arpents de labours. » Ils longeaient la ferme familiale de Keith, le petit ami de Laurette, où une demi-douzaine de silos brillaient au clair de lune.

« Va raconter ça à quelqu'un que ça intéresse.

— T'es rien qu'un pauvre gars jaloux. » Elle était furieuse. « Tu veux pas que je conclue avec Keith en juillet ? T'es invité à la cérémonie.

— Sans façon.

— On est amis depuis toujours et tu ne veux pas venir à mon mariage ? » Maintenant elle était larmoyante.

« Je ne supporte pas les spectacles bourgeois. » Il aimait ce mot, *bourgeois*, et l'employait à la moindre occasion.

Comme elle avait envie de parler, il se gara dans l'allée de la ferme, entre leurs maisons. Elle sortit la moitié d'un joint de son sac, l'alluma, et il prit sous le siège une petite bouteille de schnaps à la menthe.

« Ça fait des années qu'on s'est pas embrassés. » Elle toussa.

« C'était en quatrième. T'avais besoin de t'entraîner avec moi. » Le baiser profond avait eu lieu en août, chez elle, sur la balancelle de la véranda. Elle avait hurlé de rire en découvrant qu'il bandait, puis elle lui avait assené des claques douloureuses sur le pénis.

« Bon, c'est notre dernière chance, alors on pourrait fricoter un peu. Tu sais bien sûr que Keith et moi, on est allés jusqu'au bout. »

Il n'avait certes pas envie d'entendre une chose pareille de la part de l'amour de sa vie, mais il s'en doutait, car il avait surpris des rumeurs. L'école d'une bourgade ne connaît pas le secret. Il avait une boule dans la gorge en s'envoyant une rasade de schnaps. Elle but plus longtemps, puis il s'approcha d'elle sur la spacieuse banquette avant de la voiture. Ils s'étreignirent et s'embrassèrent avec une telle fougue que, maintes années plus tard, ses papilles se souviendraient toujours de ces goûts mêlés de l'herbe et du schnaps. Quand il lui passa les mains sur les fesses, sous cette jupe verte qu'il aimait tant, ses paumes se figèrent car elles ne rencontraient aucune petite culotte.

« Après la baignade de tout à l'heure, impossible de retrouver ma culotte. » Elle éclata d'un rire légèrement hystérique, qui reprit de plus belle quand il lui remonta la jupe au-dessus de la taille, avec ce qu'il prit pour de l'audace. « Tu as toujours voulu me peindre nue, mais maintenant tu n'as même pas ton matos. Bas les pattes, mon cochon. » Elle leva la main et enfonça le bouton du plafonnier. « Voilà l'autre côté », dit-elle en pivotant.

À force de retenir son souffle, il avait la tête qui tournait. Appuyée à la portière côté passager avec un sourire étincelant, elle remonta les jambes. Son pubis était parfaitement visible et, comme tous les peintres en herbe, il prenait des photos mentales.

« Sors ton truc, je l'astiquerai peut-être. »

Il obéit et s'approcha d'elle. Elle avait la main rêche et frénétique.

« Ton zizi est plus gros que celui de Keith. C'est pas juste.

— Faudra faire avec.

— Tous les hommes devraient avoir la même bite, insista-t-elle.

— Il n'y a pas de démocratie dans les arts ni dans la vie, bredouilla-t-il, au bord de la jouissance.

— Faut toujours que tu la ramènes avec cette connerie artistique », dit-elle en resserrant sa prise, ce qui le fit gicler presque aussitôt. Elle prit des mouchoirs en papier dans son sac, s'essuya la main, puis lui lança ces mouchoirs au visage. Elle se laissa aller en arrière et fit mine de dormir. Les yeux écarquillés, il regardait l'entrejambe et les cuisses de Laurette. Il bandait toujours, mais il se demanda s'il était vraiment correct de la glisser dans la chatte d'une fille ivre, défoncée et endormie. Il répondit tout seul à cette question en éteignant le plafonnier avant de démarrer et de la raccompagner chez elle. Le dénouement arriva lorsqu'il l'aida à gravir les marches de la véranda, à rejoindre sa porte d'entrée, et qu'elle lui dit en pouffant de rire : « Tu viens de rater ta dernière chance, petit. »

IV

Clive retrouva seulement une conscience à peu près normale grâce à la présence toute proche d'un vieux pommier en fleurs à côté d'un grand saule et d'un marais d'un arpent environ, piqueté de joncs, dont certains déracinés par les rats musqués en quête de nourriture. Ce marais avait jadis été un petit étang voisin d'une espèce d'ossuaire où les vaches laitières mortes de vieillesse ou de maladie étaient traînées par Jerry équipé d'un harnais spécial ou, ensuite, par le tracteur. Son environnement immédiat apprit à Clive qu'il se trouvait au fond de la propriété, à l'ouest de la maison de sa mère. En continuant vers l'ouest, il aboutirait à un champ et pourrait rentrer en faisant un grand détour, mais ce serait beaucoup plus long et il lui faudrait escalader deux ou trois clôtures, des obstacles qu'il n'avait aucune envie d'affronter. Il rêvait d'un endroit herbeux où faire la sieste, mais l'air grouillait de ces saletés suceuses de sang, les moustiques, et il pouvait seulement diminuer le nombre des piqûres en continuant de marcher d'un bon pas. Hélas, les sentiers ne suivaient pas une grille géométrique, mais divaguaient de droite et de gauche et, à deux doigts de foncer à l'aveugle dans les buissons, il fut piégé par l'itinéraire officiel établi par sa mère, les fils de Margaret et Sabrina, venue de la lointaine San Francisco pour donner un coup de main. Clive n'avait jamais été bon navigateur. Un jour, au début de l'adolescence, il était parti pêcher avec son père et ils avaient longtemps crapahuté dans les bois pour rejoindre un petit lac et leur barque bon marché en aluminium. Clive avait oublié la boîte à vers dans le pick-up et, quand il alla la chercher, il s'écarta du sentier au retour pour regarder des fleurs sauvages. Il entendit son père l'appeler et il réussit enfin à se frayer un chemin à travers les sous-bois touffus pour rejoindre le lac.

Il se sentait de plus en plus irrité par son oubli de la carte et du produit anti-moustiques, d'autant que ses luxueuses chaussures italiennes étaient trempées et toutes boueuses. Les indiscrétions de Laurette l'agaçaient aussi. En tant qu'habitant du nord du Midwest, Clive valorisait énormément la sincérité, mais Laurette fabulait et mentait sans aucun état d'âme. Au cours de leur longue amitié remontant à l'enfance, il était resté un garçon curieux et tolérant, mais dès le collège il comprit que Laurette était trois filles en une. Il y avait d'abord son amie, ensuite celle qui faisait partie de la bande « dans le vent » à l'école, et troisièmement, une enfant abandonnée et nerveuse, une fille unique au père quasi absent et à la mère obsédée de jardins floraux et de potagers, sans oublier les romans policiers anglais. Alors qu'elle était en maternelle, ses parents avaient quitté Grand Rapids où son père occupait un bon emploi dans une chaîne d'épiceries, pour s'installer plus au nord. Son père rêvait de devenir paysan, mais il était mal préparé au labeur incessant que cela impliquait. La famille de Laurette passait pour « des nouveaux », ce qui aurait aussi été le cas s'ils avaient vécu là depuis un demi-siècle. Son père avait donc repris son travail à Grand Rapids en promettant de revenir tous les week-ends, mais ses visites dans le nord s'espacèrent et le bruit courut bientôt dans la région qu'on l'avait vu en compagnie d'autres femmes.

Clive était étudiant depuis quelques années déjà quand il se dit que Laurette avait tout naturellement choisi Keith et la grosse ferme de sa famille pour des raisons de stabilité et que, bien sûr, elle reprochait à sa propre mère la disparition de son père. Alors qu'il traversait le fourré vers la maison de sa mère, il s'étonna une fois encore de l'énergie féroce des souvenirs, comme s'ils étaient tapis dans le paysage, prêts à attaquer. À New York il pensait rarement à Laurette, sauf lors de rêveries érotiques, quand il se retrouvait une fois encore suffoqué par la vision de la jeune fille se retournant sur la banquette de la voiture pour qu'il puisse la voir des deux côtés. Lors des séjours réglementaires chez sa mère, elle surgissait dans sa mémoire avec une netteté exaspérante. En tout cas, il avait interdit à Margaret de partager le moindre ragot avec lui, et elle lui avait alors répondu sans le moindre à-propos : « Personne ne se remet jamais de rien. »

Selon Jung, pensa-t-il, les rêves résident peut-être dans le paysage. Les enfants européens rêvent de chevaliers à l'armure étincelante tandis que les jeunes Américains rêvent d'animaux sauvages. Une biche et un jeune faon détalèrent devant lui et il s'aperçut qu'il faisait face au soleil de la fin d'après-midi, ce qui signifiait que le sentier avait fait une boucle et qu'il s'éloignait de la maison. Il hurla « Merde ! » à pleins poumons. Une ou deux minutes plus tard, il entendit le sifflet à chien et plongea aussitôt tête baissée à travers les fourrés vers la maison. Par chance, Margaret continua d'utiliser le sifflet toutes les trente secondes environ et Clive refusa d'accueillir la moindre pensée susceptible de le distraire, tandis que les branches lui fouettaient le visage et le corps, et que les ronces déchiraient l'une de ses chemises et l'un de ses pantalons en lin préférés.

Après une douche, un bref roupillon, une demi-tasse de café et un très grand martini préparé grâce à une bouteille emportée dans ses bagages, son esprit cessa de tourbillonner et la colère due à sa récente mésaventure reflua. D'habitude, sa mère interdisait sous son toit les alcools forts, qu'elle considérait comme un carburant satanique, tolérant en revanche le vin et la bière ; mais elle remarqua que son fils

44

était à bout et elle eut assez de bon sens pour ne rien dire. Deux ans plus tôt, sa petite-fille lui avait envoyé une caisse de vin de San Francisco, et elle gardait ces bouteilles en réserve pour une grande occasion qui n'arriverait sans doute jamais.

Au dîner, Clive parut presque ensorcelé, car le souvenir d'un autre dîner remontant à quarante ans envahit la table. C'était au printemps de sa deuxième année d'études universitaires, Margaret avait quatorze ans. Leur père s'était noyé deux mois plus tôt, début mars. L'année précédente, en octobre, son père avait perdu la main droite à cause d'une ramasseuse de maïs défectueuse, et il détestait sa prothèse. Il avait passé le plus clair de l'hiver à pêcher tout seul à travers la glace d'un lac voisin ; le soir de sa mort, il avait rejoint sa cabane au volant de son pick-up, mais la glace avait été fragilisée par un dégel de la fin février. Clive pensait en privé que son père s'était suicidé, car il avait toujours été très prudent. Pourtant, dans le voisinage on accusait l'alcool. Il n'était pas rare qu'un véhicule plonge à travers la glace après que le conducteur a trop bu et se trouve trop paresseux pour marcher depuis le rivage jusqu'à sa cabane construite sur la glace. Le père de Clive venait de passer deux heures à la taverne d'Orville. Suffit.

Clive se rappela ce dîner si lointain où sa mère très en colère avait dit que, son fils refusant de quitter l'université pour revenir à la maison et s'occuper de la ferme, elle-même allait s'inscrire à l'université

Central Michigan de Mount Pleasant pour décrocher un diplôme d'enseignante. La compagnie d'assurance de la ramasseuse de maïs ayant fait une offre de dédommagement modeste mais immédiate, il lui fallait trouver un moyen de gagner sa vie. Mount Pleasant n'était pas très éloigné, elle serait seulement absente trois soirs par semaine. À quatorze ans, Margaret était assez mûre pour rester parfois seule. Sa mère avait conclu sa tirade du soir par ces mots : « Tu nous as trahies, fils. »

Si Clive penchait pour l'hypothèse du suicide, c'était que par une journée neigeuse de Noël, lors d'un trajet en voiture, son père lui avait dit : « Si jamais il m'arrive quelque chose, ne deviens surtout pas paysan, bon Dieu ! Accroche-toi à ton art. » Durant la guerre de Corée, son père avait été pilote de transporteur de troupes, et il avait désiré devenir ensuite pilote d'avion de ligne, mais il avait dû reprendre la ferme familiale après que son propre père eut décédé très jeune d'une crise cardiaque.

Maintenant, quarante ans plus tard, Margaret et sa mère étaient assises aux mêmes places autour de la vieille table en chêne dans la cuisine, et Clive sentait sa vie partir à vau-l'eau. Mère disait-elle encore en silence : « Tu nous as trahies, fils » ? Il se sentait détaché, mais il avait en permanence l'impression bizarre de n'avoir jamais entièrement accepté ce qui lui était ensuite arrivé, et cette impression était si saisissante qu'il lui semblait tenir le temps au creux de sa paume. S'il pensait que sa vie partait à vau-l'eau, c'était parce qu'aucune force ne l'entraînait vers l'avenir. En arrivant ici, il ne croyait plus au mode d'existence qu'il avait adopté après avoir renoncé à peindre. Il avait perdu vingt années dans les brumes culturelles, durant lesquelles le monde était devenu complètement usuraire, ivre du vomi de ses productions. C'était parfaitement évident à New York, mais il l'avait aussi constaté partout dans son Europe bien-aimée, laquelle ne se réduisait pas après tout à un musée pour des esthètes comme lui. En renonçant à peindre, il avait perdu son sentiment presque enfantin d'un destin, la conviction qu'ont les gamins jouant au base-ball de rejoindre un jour une grande équipe, et pourquoi pas les Detroit Tigers ?

« Ce serait gentil de repeindre le garage. Ce n'est pas comme le restant de la maison, bien au sec au-dessus du sol. Le fond du garage est toujours à l'ombre et les planches humides commencent à moisir.

— Bien sûr. Je vais m'en occuper. » Il se demanda pourquoi une femme de quatre-vingt-cinq ans s'inquiétait des planches du garage en train de pourrir.

« Et puis il faudrait nettoyer l'évacuation du caniveau de l'allée dans le fossé. En avril le ponceau a bien failli s'engorger. »

Il acquiesça en regardant Margaret hausser les sourcils d'un air incrédule, tout en mangeant sa tranche de rôti de porc sans assaisonnement. Mère avait toujours cru qu'en dehors du sel et du poivre l'assaisonnement était un symptôme de faiblesse morale. Il accepta volontiers de peindre le garage, car il gardait un bon souvenir d'avoir à douze ans repeint le grenier à grains. Il mit une semaine à le faire, mais Papa lui donna vingt dollars, avec lesquels il acheta ses premiers tubes de peinture à l'huile. Jusque-là il avait utilisé des pastels et de la caséine, mais la caséine coûtait très cher et il en était venu à peindre des miniatures de dix-sept centimètres sur vingt et un au maximum. Les formats plus grands coûtaient trop cher. Les larges et généreux coups de pinceau dont il usa pour peindre le grenier en rouge le ravirent. Margaret, qui était seulement en CM1, avait accompli la tâche très méticuleuse consistant à peindre en blanc mat les deux fenêtres du grenier et la porte.

« Ton ancienne petite amie délurée a acheté sa vieille maison de famille, tout près d'ici. » Sa mère rit, attendit la gêne de son fils.

« Très bien », dit-il d'une voix ferme pour couper court à toute discussion. Puis il lança un coup d'œil à Margaret, à qui il avait formellement interdit de prononcer le nom de Laurette. Margaret haussa les épaules en regardant la liste, dactylographiée par Clive, des sites européens à ne pas manquer, et dont elle voulait parler avec lui.

« Elle n'est pas très souvent ici. Elle possède un petit Cessna qui lui permet de venir de Grand Rapids et elle garde une Jeep jaune à l'aéroport de Reed City. Une amie à elle occupe la maison. Une poétesse, quoi que cela veuille dire de nos jours. Bien sûr, ça a jasé, déclara Margaret.

— Je ne comprends pas les gens qui possèdent un véhicule jaune », dit sa mère avec humeur.

Clive était aux prises avec son esprit, où bouillonnaient mille préoccupations. Il se leva et rejoignit la fenêtre de la cuisine située au-dessus de l'évier. De son siège, la vue de la fenêtre lui avait paru étonnamment abstraite, comme ces choses qu'on regarde en ayant la tête ailleurs, sans essayer d'y trouver la moindre cohérence.

« Il y a un oiseau jaune dans le saule derrière la fenêtre, fit-il remarquer.

— Une paruline à croupion jaune. Elle nidifie. Tâche de ne pas la déranger », répondit sa mère sur le ton de la banalité.

Margaret emmena la vieille dame se promener et observer les créatures volantes, tandis que Clive s'occupait en faisant la vaisselle. La paruline à croupion jaune était installée dans son nid à moins de trois mètres de lui, elle le regardait sans manifester la moindre inquiétude, habituée de toute évidence à voir quelqu'un à l'évier, de l'autre côté de la fenêtre. Il se mit à penser à Laurette, sans hausse de tension notable. Il savait qu'elle était restée quinze ans mariée à Keith et sans enfant, avant de partir pour Grand Rapids et travailler dans la même chaîne d'épiceries que son père. Les femmes stériles ont la vie difficile dans les familles rurales. Keith s'était remarié et avait eu une couvée fort respectable.

Voilà tout ce qu'il savait sur Laurette, et il n'avait pas l'intention d'interroger Margaret à ce sujet. Alors qu'il récurait la marmite d'un rôti de porc qui avait manqué d'un peu d'ail et de sauge fraîche, il bataillait pour retrouver un tant soit peu de lucidité et s'arracher à cet étrange sentiment qui s'était emparé de lui au cours du dîner. Il se dit que les grands principes étaient bons pour les universitaires. Le peintre ou même le poète au travail se salit les mains dans la matière du monde. Lui, Clive, était devenu une espèce de contremaître, un chien de garde de l'entreprise malgré la puissance de son idéalisme précoce. Depuis qu'il avait tiré un trait sur la peinture vingt ans plus tôt, il s'était enrichi, mais pas au point de pouvoir s'offrir un appartement à trois mille cinq cents dollars par mois, cinq fois le loyer de 1989. Ses vingt années *au service de l'art* étaient-elles très différentes du temps passé par Laurette dans cette chaîne d'épiceries ? Presque tous les gagne-pain étaient d'une vulgarité évidente et désarmante. Le pourcentage de saloperies dans le monde de l'art était peut-être le même que dans les supermarchés. Au lieu de tracer sa voie, Clive avait fait semblant de jouer de la guitare sur le parking.

Il sortit au crépuscule, les yeux levés vers les stratocumulus qui s'amassaient dans le ciel, quand Margaret et sa mère revinrent de leur expédition aviaire. Il pensait que, s'il peignait le squelette de la baleine en l'observant à partir de l'intérieur de la cage thoracique, il pourrait ajouter quelques

50

nuages lointains sur le plafond, ou bien était-ce de trop ? Laurette avait certes refusé de poser nue pour lui, mais il avait réalisé un joli portrait de son dos entre la taille et la nuque. Il savait depuis longtemps que son rêve illusoire de devenir un artiste à succès avant trente ans s'expliquait en grande partie par l'argent de sa femme Tessa et le fait qu'ils avaient habité un bel appartement à SoHo, avec son atelier au bout du couloir.

Sa mère était absolument ravie d'avoir observé son premier râle de Virginie dans un marais proche de la route. Il se sentit mal à l'aise au souvenir de Sabrina, âgée de sept ans, montrant un râle dans ce même marais il y avait si longtemps. Il avait menti et dit l'avoir vu en premier alors qu'il n'avait rien remarqué du tout, et elle avait alors rétorqué : « Tu te comportes vraiment pas comme si tu l'avais vu. » Puis il le vit pour de bon, le cou du râle tendu et très droit, tel un jonc mort.

Comme toujours, sa mère alla se coucher à neuf heures avec sa tasse rituelle de chocolat chaud. Il resta assis en compagnie de Margaret et de sa liste de sites européens, puis ils se bagarrèrent une bonne heure. Elle trouvait trop chers les choix de son frère à Paris et Florence. « Sois économe chez toi, dit-il, mais dispendieux en Europe. » Une institutrice locale allait accompagner Margaret, une amie d'enfance qui depuis des années mettait de l'argent de côté en vue de ce voyage.

« Dis-lui simplement que je t'ai donné de l'argent pour descendre dans de bons hôtels. » Il voulait qu'elle loge à l'hôtel de Suède, rue Vaneau, à Paris. C'était tout près du jardin du musée Rodin, du Jeu de Paume et de la collection d'impressionnistes du musée d'Orsay, aménagé dans une ancienne gare de chemins de fer, il ne savait plus laquelle. Plus intéressante pour Margaret était la présence de la grande épicerie du Bon Marché, à un seul long bloc de l'hôtel. On ne pouvait raisonnablement pas manger deux repas français complets par jour, mais au Bon Marché on achetait de quoi pique-niquer avec délice. Comme tout le monde, Margaret s'inquiétait de sa digestion en voyage.

À l'aube, sa mère emballait des sandwiches au jambon en reniflant avant d'aller observer les oiseaux.

« Mon bébé va traverser l'océan », dit-elle.

À la table de la cuisine, Margaret et Clive buvaient un café léger sans parler et en réfléchissant au mot *bébé*. Tant qu'on est dans les parages, on reste son enfant. Margaret, qui mourait d'envie de s'en aller, boucla sa valise et fut prête à partir deux heures avant l'heure prévue.

Deuxième partie

V

Par une belle matinée du début de la deuxième semaine de mai, Clive se sentait d'humeur mitigée, surtout parce qu'il lavait la Ford Camry de sa mère, un travail plus difficile qu'il ne s'y attendait. N'ayant pas lavé de voiture depuis quarante ans, il avait proposé d'emmener la Camry jusqu'à un lave-voitures de Reed City. Mais elle trouva l'idée stupide à cause du prix de l'essence, soixante-seize cents le litre. Il portait la salopette et les bottes de son père, qui lui montaient aux genoux. Il avait trouvé ces vêtements tout au fond d'un grand placard du couloir. Clive n'avait aucune raison de porter ses beaux vêtements dans cette région. À Reed City ou à Big Rapids il avait remarqué que les vêtements de son père le rendaient invisible. Il n'était qu'un banal paysan, comme les portiers sont invisibles dans leur livrée verte de portier.

Deux ans plus tôt, Margaret, Sabrina et lui avaient partagé le coût de la Camry neuve et l'avaient fait livrer. Il était six heures et demie du matin à New York et Clive souffrait d'une bonne gueule de bois quand le coup de fil de remerciements est arrivé. Il était au lit avec une écervelée, un mannequin spécialisée dans la lingerie pour être exact, qui l'avait tenu éveillé jusqu'à trois heures du matin, à parler entre autres choses de son régime crudivore tout en arborant une trace de cocaïne sur la lèvre supérieure.

« Merci, fils, mais je n'ai pas besoin de la radio.

— Toutes les voitures sont vendues avec la radio », croassa-t-il.

Il entendit la fauvette dans le saule et se retourna pour l'examiner avec soin. Ce matin-là de bonne heure, lors de leur promenade consacrée aux oiseaux, il avait fièrement montré la paruline à croupion jaune au fond du terrain, dans un olivier de Bohême, puis s'était senti gêné.

« Ne sois pas idiot, fils. C'est un roselin familier. Le jaune est beaucoup plus intense. Tu le remarques, n'est-ce pas ? » dit-elle en plissant les yeux pour focaliser sa vision en tunnel sur le volatile.

Il eut l'impression d'avoir pris un Giotto pour un Schnabel. Il avait plutôt bien gagné sa vie grâce à l'acuité de sa vision, et il venait de commettre une erreur à cause d'un oiseau d'une trentaine de grammes, mais le jaune n'avait jamais été une couleur chère aux peintres. Tout en essayant d'éliminer les traces de raclette sur les vitres de la Camry, il réfléchit au jaune avec un dégoût momentané, repensa à la chef des Têtes de l'Art lançant le pot de peinture jaune sur son précieux costume, lequel avait déjà valu à Clive des dizaines de compliments. Son agacement l'ennuya très vite. Après y avoir jeté un bref coup d'œil le lendemain de son arrivée à la ferme, il n'avait pas ouvert son ordinateur portable. Margaret, une inconditionnelle d'Internet, avait fait installer le Wi-Fi à la ferme, mais il s'était désintéressé de ses mails après la blague, pourtant amicale, que lui avaient faite certains de ses collègues et relations. Un ami de Nîmes lui avait envoyé un jeu de mot compliqué sur l'adjectif *jaune**[1], dont il n'avait pas réussi à saisir la teneur. Un autre ami, à Sienne, avait envoyé la photo d'une grosse fille laide en robe jaune.

Lorsqu'il reçut sa première grande boîte de crayons de couleurs pour son septième Noël, il tomba littéralement amoureux des couleurs et le jaune était l'une de ses préférées. Par une coïncidence malheureuse, il entendit un faible coup de klaxon et découvrit Laurette dans sa Jeep jaune décapotée au bout de l'allée. Il fut à deux doigts de l'arroser avec son jet d'eau, au lieu de quoi il la rejoignit. En s'approchant, il remarqua qu'elle avait l'air très en forme, malgré quelques rides autour des yeux et à la commissure des lèvres, mais de toute évidence elle avait eu recours à la chirurgie esthétique.

« Je vous ai suivi à la trace sur Google, monsieur le Gros Bonnet, dit-elle en riant. Dernièrement,

---

1. En français dans le texte original, comme tous les passages en italique et suivis d'un astérisque. (*N.d.T.*)

vous avez eu quelques problèmes, qu'ils appelaient une altercation.

— Ça va passer », dit-il en s'étonnant une fois encore de la rapidité avec laquelle les nouvelles les plus insignifiantes atteignaient tout un chacun. « Tu as l'air en forme.

— À mon âge c'est du boulot. Ça requiert même une assistance médicale. » Elle tourna lentement la tête. « Tu trouves que ça se voit ?

— Non, pas vraiment. Peut-être une légère patine plus sombre sur la tempe gauche.

— Oh, va te faire foutre ! Ça m'a coûté quinze mille dollars. Au fait, j'ai montré ta photo dans *Newsweek* aux filles du bureau. »

Il s'agissait d'une petite photo et d'un bref article parus dans la section « Arts ». Il avait examiné la collection d'une charmante vieille dame au Texas et découvert trois faux, dont un Winslow Homer. Les couleurs de ce tableau ne correspondaient tout bonnement pas à la palette de Homer. Le fils de cette dame, un avocat fouineur typique de Dallas, avait tenté d'interdire à Clive le moindre commentaire public sur la collection de sa mère, une chose qu'en tout état de cause il n'aurait jamais faite, mais l'homme se fit alors menaçant et tenta de le contraindre à examiner ce tableau avant une vente aux enchères imminente, si bien que Clive se confia à Liz Smith, qu'il avait rencontrée à un certain nombre de fêtes et de cocktails.

« Passe boire un verre à six heures. » Le téléphone portable de Laurette sonna. Il l'entendit déclarer : « Dis à ce connard que nous ne prendrons plus aucun de ses produits de porc fumé. » Elle coupa la conversation. « Viens boire un verre à six heures, répéta-t-elle.

— Je ne devrais pas laisser Mère toute seule.

— Oh, quelle bêtise ! Margaret la laisse tout le temps seule pour aller voir son petit ami à Manton. Et puis elle a passé quarante ans toute seule. En plus, elle a une carabine de calibre 22 qui lui sert à dégommer les chats errants qui en veulent à ses chers oiseaux. Je l'ai entendue tirer et je l'ai interrogée à l'épicerie. »

Laurette démarra en soulevant une gerbe de gravillons et Clive se demanda pourquoi les femmes aimaient tant les cachotteries. Margaret n'avait jamais mentionné un petit ami à Manton. Mère avec une carabine ? Sans doute la Remington de calibre 22 à un coup qu'il avait depuis l'enfance. Laurette n'avait pas attendu de savoir s'il viendrait boire un verre ou pas.

Au bout d'une autre demi-heure de retouches minutieuses, il fut ridiculement fier de la Camry rutilante. Encore une carrière envisageable dans une économie morose, se dit-il en souriant. Ce matin-là, il lui faudrait conduire sa mère à Big Rapids pour la messe, et elle annoncerait sans doute à ses amies : « Mon fils, le spécialiste de l'art, vient de laver ma voiture. » Le premier dimanche, il avait tenu à l'attendre dans la voiture, ce qui l'avait mise dans une telle colère qu'elle lui arracha la promesse d'assister au service religieux à côté d'elle. Et cette promesse s'accompagnait d'une certaine terreur. Il sourit au souvenir de sa femme Tessa disant, après avoir rencontré la mère de Clive pour la première fois : « Mais c'est une vraie peau de vache ! Je m'étonne que tu ne sois pas davantage bousillé, putain. » Riche fille d'une famille épiscopalienne de Pasadena, Tessa adorait les gros mots.

Il rentra, se lava et s'offrit un petit verre de « côtes-du-rhône » qu'il avait réussi à trouver dans un super-marché. Sa mère préparait le repas, elle coupait en petits morceaux le restant de rôti de porc et elle écrasait les pommes de terre, les oignons et les carottes qui avaient cuit avec la viande. C'était un des rares plats du Midwest qui manquaient à Clive. Il lui annonça qu'il allait boire un verre avec Laurette.

« Tu signes ton arrêt de mort, fils. » Les souffrances terribles infligées à son rejeton par Laurette au lycée étaient toujours impardonnables. Et puis, comment avait-elle pu divorcer de Keith et renoncer à la meilleure ferme de tout le comté ? L'enseignement avait été un gagne-pain, mais une ferme c'est la vie.

VI

Ce fut un vrai fiasco. L'intérieur de la vieille ferme en pierre de Laurette était étonnant, saturé de blanc sur les murs et la moquette, sans parler de l'insupportable mobilier blond de style « danois moderne ». Il y avait quelques affiches assez moches de corridas à Séville et Grenade, que Clive perçut comme étant des originaux plutôt que de mauvaises reproductions. La gardienne ou la copine de Laurette l'accueillit à la porte et se présenta sous le nom de Lydia. Belle, hautaine et indolente, elle portait une petite jupe verte et un corsage blanc sans manches. Elle déclara que Laurette prenait sa douche et montra une desserte couverte de bouteilles et d'un seau à glace. Il entendit un séchoir dans le couloir de l'étage et un morceau bêtement sentimental de Mendelssohn qui l'agaça.

« Lydia ? C'est un prénom plutôt rare.

— Il s'agit de mon *nom de plume**. Je suis poétesse. Je signe Lydia. Juste Lydia. »

Elle se laissa tomber sur le canapé en montrant largement ses jambes, et Clive devina que c'était selon elle son principal atout. La tête de Lydia lui parut un peu trop menue et ses cheveux noirs avaient de petites bouclettes aux tempes comme sur les vieux portraits d'Emily Brontë et d'Emily Dickinson.

« Vous vous plaisez ici ? » Clive s'était préparé un verre généreux pour faire fondre la glace dans la pièce. Il remarqua un plateau de bâtonnets de carotte et de céleri autour d'un ramequin de tapenade sur la table basse, ainsi que des cubes de cheddar et des olives, l'accompagnement traditionnel de l'apéritif dans le nord du Midwest, une région délaissée par la révolution gastronomique.

« J'adore être ici. Je viens de Chicago. Il n'y a pas de nature là-bas. Laurette me donne l'espace où trouver ma voix de poétesse. »

Ce langage lui crispa les muscles de la mâchoire. D'habitude, quand il revenait à la maison, son esprit restait intact ; mais là, tout son être fut frappé de plein fouet. Pourquoi tant de jeunes gens désiraient-ils devenir peintres, poètes, militants écologistes ou cuisiniers célèbres ? Quelle mauvaise idée ! Il se demanda pourquoi le métier d'ingénieur n'avait pas la cote, même si en dehors des trains il n'avait aucune idée de ce que fabriquaient les ingénieurs. À New York, laveur de carreaux était le métier le plus risqué. Ces gars-là n'avaient pas froid aux yeux, et les femmes adoraient les voir se démener tout là-haut pour que nous puissions y voir clair. Il but une longue gorgée de son verre et regarda sous la jupe verte de Lydia, très haut en fait. Elle était bronzée, suite à un séjour dans le Sud ou à des séances à l'institut de beauté. Lydia braqua une télécommande sur le lecteur de CD, et Brahms remplaça Mendelssohn, une autre parmi les centaines de bêtes noires de Clive.

« Brahms m'adoucit, hasarda Lydia.

— Pourquoi ne pas vous prélasser dans une baignoire pleine de beurre tiède ? » blagua Clive.

Elle pouffa de rire et lui fit un doigt d'honneur, ce qu'il trouva charmant. Il se leva pour se resservir un verre aussi généreux que le premier. Il se sentit pris de vertige en regardant par la fenêtre donnant au sud, car au loin la porte de la grange était toujours dégondée et le silo dans le même état d'abandon que quarante ans plus tôt.

« Je fume un joint parce que mon gin préféré me fait grossir du cul », lança Laurette en entrant au salon, vêtue d'un souple pantalon masculin et d'un chandail à manches courtes couleur pêche. « Les six degrés de séparation[1], parlons-en. J'ai oublié de te dire qu'une amie de San Francisco est allée à une fête dans la somputeuse maison de ton ex. Tu as perdu une mine d'or. Elle vit avec un jeune homme qui a la moitié de son âge, la veinarde. Il faut que

---

1. Théorie selon laquelle il suffit d'une chaîne de six personnes pour être relié à n'importe qui sur la planète (*N.d.T.*)

nous partions dans une demi-heure pour dîner chez des amies. Tu pourrais venir avec nous, mais tu dois t'occuper de ta mère. Quand il fera plus chaud, il faudra aller nous baigner tout nus au lac, comme au bon vieux temps. » Elle tendit le joint à Lydia, qui le refusa.

« Je dois rester sobre pour conduire, tu te souviens ?

— Bien sûr, ma chère. »

Laurette continua de pérorer, mais Clive avait la tête ailleurs. Elle faisait sans aucun doute dix ans de moins que son âge réel, soixante ans. Ces temps-ci, beaucoup plus de femmes que d'hommes prenaient soin de leur corps. Un samedi, il avait vu un gros type faire du jogging derrière le Metropolitan Museum, puis s'arrêter à une échoppe, manger deux hot-dogs au chou avant de fumer une cigarette pour se détendre. En tout cas, Clive ne s'était jamais baigné à poil avec Laurette et sa bande d'ados « dans le vent ».

« Tu te rappelles notre dernière soirée dans la voiture avant mon mariage avec Keith ? Après, j'ai eu peur d'être enceinte. » Elle éclata de rire.

« On n'a jamais été jusqu'au bout », dit Clive en prenant à moitié la mouche.

Soudain Lydia plongea en avant, s'empara du plateau d'apéritif et le lança très haut vers Clive. En une milliseconde il pensa : *Putain, elle est devenue cinglée ?* avant de se pencher pour l'éviter. Les bâtonnets de céleri et de carotte, les olives et les cubes de cheddar ainsi que le ramequin de tapenade étaient en plastique, et tout ce plateau percuta bruyamment le sol en restant intact.

« C'est un *objet d'art** ! » s'écria Laurette en riant à gorge déployée, tandis que Lydia se contentait d'une simple moue. Laurette prononça *objet* comme dans un *jet* à réaction.

Tout se dégrada après l'épisode des apéritifs volants. Elles ne faisaient pas le poids face au talent de Clive pour la condescendance new-yorkaise.

« Il est intéressant de voir ce qui arrive à l'art quand il descend le long de la chaîne alimentaire, déclara-t-il en se calmant.

— Que veux-tu dire ? demandèrent-elles ensemble.

— Je veux dire qu'historiquement l'art n'a pas forcément besoin d'inclure les maniques au point de croix ou les cache-pots en macramé. Eisenhower coloriait très bien en suivant les chiffres indiqués et Charlotte Moorman jouait du violoncelle toute nue. La thérapie du hobby prend vite la poussière. Essayer d'enseigner la créativité est la principale arnaque de notre époque, avec la guerre en Irak et la chirurgie esthétique.

— T'es vraiment un putain d'enfoiré. Un enfoiré et un prétentieux. C'était juste une blague », siffla Lydia, vexée.

Laurette rebondit sur le canapé et s'envola très haut, complètement défoncée. « Je sais pas grand-chose, mais je sais ce que je pense », dit-elle en une parodie de sagesse populaire.

« Elle fait de l'exercice avec un mini-trampoline. C'est la nouvelle mode », expliqua Lydia en remarquant les yeux écarquillés de Clive. Elle lui offrit une autre vue imprenable sur ses cuisses. C'était ridicule, mais drôle. Dans ses poèmes elle n'évitait pas le rapprochement des organes. Lors d'ateliers à l'université Carnegie Mellon de Pittsburgh, elle remarquait avec plaisir l'agitation qui s'emparait des jeunes hommes quand elle lisait devant eux ses poèmes explicitement sexuels.

Lors de son bref trajet en voiture pour rentrer chez lui, Clive était assez excité par ses deux grands verres d'alcool pour prendre plaisir à la banalisation de tout, lui-même compris.

Il donna un brusque coup de volant pour éviter un lapin et s'approcha tout près du profond fossé, ce qui le dégrisa momentanément. Gamin, il chassait le lapin et le nettoyait avant que son père ne le fasse frire. Ils adoraient le lapin et le gibier. À chaque fin d'automne, son père tuait un chevreuil, mais sa mère ne mangeait pas de gibier sauvage, ce qui ne diminuait en rien le plaisir du mari et du fils. Elle se contentait d'un bol de soupe d'orge qu'elle prenait au petit salon, à cause de son intense empathie pour le monde naturel, laquelle n'incluait pas l'espèce humaine sauf les Noirs et les Indiens.

Au bout de l'allée, il descendit trop vite de voiture et fut pris de vertige. Il posa la main contre l'écorce rugueuse d'un érable afin d'assurer son équilibre. Soudain il se sentit las de la mythologie qu'il avait construite pour remplir sa vie. Dire qu'il avait renoncé à peindre était un peu trop commode. Il avait perdu courage, le feu sacré l'avait abandonné, et il y avait cette affreuse image de lui-même dans un recoin sombre. À l'époque, des centaines d'artistes vivaient en ville qui essayaient d'attirer l'attention de Leo Castelli et d'autres célèbres galeristes manifestement incapables de faire démocratiquement le tri entre le bon grain et l'ivraie parmi ces hordes assoiffées de gloire. Beaucoup plus tard, il s'était dit que ç'avait été comme Hollywood essayant de prédire une tendance.

Néanmoins, le principal problème qu'il affrontait quotidiennement, c'était l'obsession croissante de Tessa pour le bouddhisme tibétain. Durant un certain nombre d'années leurs fêtes fréquentes dans le loft avaient été amusantes, et puis brusquement ces fêtes inclurent un nombre exorbitant d'amateurs de yaourt, de *tsampa* et de thé au beurre de yak, un produit très cher et difficile à trouver, mais que Tessa réussissait à obtenir. Ils étaient un peu débraillés, comme les passionnés de musique folk d'autrefois, et ils ne prononçaient pas certains déterminants pour se donner un accent oriental. Il ne comprenait pas davantage ces bouddhistes tibétains que les adeptes des diverses Églises protestantes. Le commencement de la fin arriva quand, un certain mois d'août, il refusa d'accompagner Tessa dans ce qu'elle appelait « un pèlerinage » à Katmandou. En Inde, elle tenait aussi à rendre visite à l'Arbre de la

Bodhi, où le Bouddha avait atteint ce que Tessa qualifiait de « réalisation parfaite ». L'été en Inde ? Très peu pour moi. Elle avait également insisté pour emmener la petite Sabrina, alors âgée de cinq ans. Il redouta que leur fille ne tombe malade, et comme de juste il fallut hospitaliser Sabrina à Calcutta à cause d'une dysenterie, une ville qu'il avait imaginée bourrée de charmeurs de serpents et de voleurs affamés au turban crasseux.

Il leva les yeux vers le corbeau criailleur qui l'injuriait copieusement. Il avait encore la tête qui tournait et il se demanda vaguement si l'alcool était la seule explication de son malaise. Peut-être faisait-il un infarctus ? Il voulut se tâter la poitrine, retira sans réfléchir sa main posée contre l'érable, et bascula aussitôt sur le côté. Il s'en tira sans trop de casse, seulement une difficulté respiratoire momentanée, mais son crâne avait raté d'un rien l'un des rails de chemin de fer qui bordaient l'allée. Il n'arrêta pas de gamberger pour autant et il attribua aussitôt sa chute à un concept d'impermanence d'acquisition récente, mais la question qui très vite s'imposa à lui fut la suivante : pourquoi le moindre de mes actes devrait-il être d'une importance cruciale et comme écrit dans un livre ? Son amour pour Tessa, avec son grand front bombé à la Botticelli, n'était-il pas sorti d'un livre d'art ? Son nouveau point de vue était intéressant, car Clive levait maintenant les yeux vers les faces argentées et cachées des feuilles d'érable. Tout à coup, sa mère apparut

sans un mot au-dessus de lui et elle lui versa tout
le contenu d'un pichet d'eau sur le visage. Son cerveau brouillé ralentit la chute de l'eau. Son père lui
avait jadis assuré que Ted Williams était capable de
voir la couture d'une balle de base-ball lancée à cent
soixante à l'heure. Elle l'aida à rentrer dans la maison et à traverser la cuisine jusqu'à l'escalier menant
à l'étage. Toujours un peu groggy, il gravit les
marches en rampant à demi, puis il entendit sa mère
claquer la porte de l'escalier derrière lui.

VII

Il se réveilla à minuit d'après son téléphone portable qui ne fonctionnait pas ici, à la campagne. Il avait la migraine, une érection absurde, et il transpirait car il s'était endormi tout habillé. Il était également affamé. Lui revinrent alors en mémoire les paroles de Laurette lorsqu'elle l'avait raccompagné à la porte en regardant Lydia dans le jardin et en lui chuchotant : « Je conduis dans les deux sens sur l'autoroute », signifiant par là, et selon lui avec vulgarité, que Lydia et elle couchaient ensemble. En quittant l'allée de Laurette, il avait ralenti pour regarder Lydia s'envoler sans cesse plus haut sur le pneu de la vieille balançoire de Laurette, et lui offrir un généreux aperçu de l'arrière de ses cuisses jusqu'à sa petite culotte noire. Peut-être que la corde va casser, avait-il pensé.

Il tenta de dissiper la séquence luxuriante des cauchemars qui venaient de l'assaillir durant son sommeil de cinq heures, en regardant par la fenêtre la lune aux trois quarts pleine se lever dans la cime du saule et nimber les branches d'un halo argenté. Il essaya de se concentrer sur le fait que notre vision a tendance à devenir partielle et presque abstraite dès qu'on empêche le cerveau de s'en emparer. Ce fut peine perdue. Contrairement à Tessa, qui avait dépensé un argent fou pour une thérapie jungienne fondée sur les rêves, Clive ne faisait aucun cas de sa vie onirique. Il s'était toujours senti très agacé par les sempiternelles évocations de ses rêves dont le gratifiait son ex-femme. Où était l'histoire dans l'histoire ? Dans son propre cauchemar prolongé et fastidieux, son professeur d'histoire de l'art, gay et très méticuleux, lui montrait durant cinq heures un diaporama de couleurs. Pas le moindre objet, seulement des gradations de couleurs primaires. Dans ce cauchemar, Clive avait conscience de serrer entre ses mains la boîte de soixante-dix crayons de couleurs reçue pour Noël. Après ces milliers de diapositives, il avait mal au cœur et à la tête.

La faim lui fit retrouver une conscience normale et le souvenir de sa seule expérience sexuelle new-yorkaise vraiment positive. C'était arrivé cinq ans plus tôt, il allait avoir cinquante-six ans. Elle travaillait comme serveuse dans un petit restaurant grec. Âgée d'environ vingt-cinq ans, elle venait de Fort Wayne dans l'Indiana, et essayait bien sûr de devenir actrice. Pour empêcher son corps de vieillir plus vite qu'il ne le faisait déjà, Clive avait l'habitude de faire de très longues marches de bon matin dans le West Side. Après une dizaine de visites au petit restaurant, ils devinrent presque amis. Elle suivait un seul **cours** d'histoire de l'art à l'université de l'Indiana et prétendait être une lointaine parente du peintre Sheeler. Selon elle, Clive était le premier homme qu'elle rencontrait à savoir qui était Sheeler. Il l'invita à dîner chez Babbo et Del Posto, des restaurants qu'elle n'aurait jamais pu s'offrir et dont lui-même avait à peine les moyens. Elle avait un prénom peu courant, Kara, et son corps divinement ordinaire était d'une perfection sans esbroufe. Ils firent l'amour seulement trois fois avant qu'elle ne lui annonce qu'elle rentrait dans l'Indiana pour épouser Josh, son amoureux local. Lors de leur dernière rencontre, il s'était réveillé à quatre heures du matin, seul dans son lit, et il l'avait trouvée, nue, dans son bureau, en train de regarder une pile de livres d'art. Ils avaient de nouveau fait l'amour dans le bureau et il avait connu son orgasme le plus convulsif depuis sa séparation d'avec Tessa, quinze ans plus tôt. Ils étaient allés petit déjeuner au Barney Greengrass, et il n'avait jamais vu une femme manger autant de harengs au saut du lit. Il n'en revint pas. Mais elle disparut pour de bon, il ne la revit jamais et n'en entendit plus parler. New York était ainsi, mais il continuait de penser souvent à elle. Il l'avait emmenée à un concert de Joshua Bell, où la beauté de la musique l'avait fait pleurer à chaudes larmes.

Il descendit doucement au rez-de-chaussée et réchauffa le rôti de porc haché en remarquant que sa mère avait mangé davantage que sa part. Il eut un petit rire en se disant qu'à son âge il avait été bien bête de s'envoyer deux grands verres de vodka sur un estomac vide. Un idiot avait écrit que chez les hommes les plus de soixante ans étaient les nouveaux cinquantenaires. Il n'y croyait absolument pas. Il imagina des vieux chnoques se baladant avec des sacs à dos bourrés de Viagra. Il sortit son ordinateur portable, snoba trente-sept mails, trouva un site et commanda une luxueuse boîte de pastels, livrable par FedEx en moins de vingt-quatre heures. Maintenant qu'il était lancé, il passa une grosse commande chez le traiteur Zingerman's d'Ann Arbor. Il allait consacrer près de trois semaines à sa mère, et il ne supporterait certainement pas le purgatoire de sa cuisine insipide. Il éclata encore de rire en imaginant Laurette au volant de sa Jeep jaune sur l'autoroute en compagnie de partenaires des deux sexes.

« S'il te plaît, fils, va te coucher. Tu m'empêches de dormir », dit sa mère en entrouvrant la porte de sa chambre.

De retour à l'étage, il laissa une lampe allumée, de peur que son cauchemar ne revienne. C'était son premier mauvais rêve depuis un certain temps. Maintes années plus tôt, il avait vécu un épisode sinistre et poignant quand Tessa et ses amies avaient psalmodié des chants tibétains toute une nuit après le décès d'une connaissance, morte d'un cancer du sein. Il pouvait difficilement s'opposer à leur ferveur religieuse. Tessa avait réaménagé une petite chambre d'amis située à l'arrière du loft en la décorant de tout un bric-à-brac oriental. Clive ne supportait pas les boules Quies, mais tout en dormant par intermittence, il avait rêvé qu'il était prisonnier au milieu d'un troupeau d'éléphants. Dans son cauchemar il écoutait aussi la *Gran Partita* de Mozart, mais la musique était affreusement distordue. Ce fut pour lui un étrange soulagement quand les éléphants le piétinèrent et le réduisirent en crêpe sanguinolente.

Il jeta un coup d'œil à l'étagère de livres, chassa l'idée de relire *L'Envoûté*, une biographie romancée de Gauguin. Il y avait d'autres livres dont le romantisme échevelé avait empoisonné son adolescence, ainsi des biographies de Van Gogh, Toulouse-Lautrec, Modigliani et Caravage. À seize ans, il avait pleuré jusqu'à tremper son oreiller en découvrant l'assassinat de Caravage. Il y avait aussi les textes plus austères de Berenson, Herbert Read, et un volume de Gombrich.

Il regretta soudain de ne pas avoir une photo de Kara, de l'Indiana, à mettre au mur. Il eut tout à coup la conviction de pouvoir la peindre de mémoire. Il ferma les yeux et la vit parfaitement. Ça intéresserait qui ? Personne, bien sûr. En tout cas, il avait épuisé son sentiment d'échec dû à son abandon de la peinture vingt ans plus tôt. Le seul reste de culpabilité venait du sentiment d'avoir trahi son père, car son père avait été fier que Clive devînt un artiste et non un paysan. Il imagina une manchette de journal moqueuse, « Le professeur se remet à peindre », mais comme toujours l'ironie était facile, voire fragile. Il eut envie de retrouver Kara, pour pouvoir la peindre *de visu*. Tout simplement. Il n'avait aucune carrière à protéger et ressentait donc une immense liberté. Les amours et les inimitiés se mirent à tourbillonner dans son esprit, véritable encyclopédie de l'histoire de l'art. Il n'avait jamais beaucoup aimé Warhol, Johns, Rauschenberg ou Judy Chicago. Il leur préférait Franz Kline, Motherwell, Helen Frankenthaler, des artistes oubliés depuis longtemps comme Abe Rattner et Syd Solomon, ou encore un créateur plus récent tel qu'Ed Ruscha. Mais il adorait Burchfield et Walter Inglis Anderson, sans parler de Edward Hopper. Allongé là, il se sentait agréablement absurde et se rappela un périodique de Toronto appelé *Brick*, qu'un ami lui avait donné, qui contenait une critique gastronomique farfelue, où l'auteur déclarait que 99,999 pour cent des écrivains, poètes, peintres, sculpteurs et compositeurs sont éliminés au cours du dernier acte, et après l'âge de soixante ans il faut tuer son ego pour que cette disparition tardive ne vous plonge pas dans un désespoir sans fond. En tout cas, se dit Clive, ce n'était pas pour moi. Car l'œuvre de ma vie se réduirait à un débat mineur parmi les guitaristes sans guitare.

En se tournant sur le lit, il aperçut *Peindre c'est aimer à nouveau*, de Henry Miller, sous un mince portfolio de Pascin. Sa fille Sabrina lui avait offert ce livre alors qu'elle avait douze ans et se sentait mal aimée. Il appréciait beaucoup l'œuvre de Henry Miller en général, mais n'avait jamais ouvert ce livre, ne voulant pas être déçu par les idées de cet écrivain sur la peinture. Il avait vu quelques aquarelles de Miller, que possédait un collectionneur de Los Angeles, et elles lui avaient plu, même si le peintre tentait quelque chose qui dépassait ses capacités. Ces pensées lui donnèrent l'impression d'être condescendant. Contrairement à la plupart des artistes, Miller avait paru très heureux durant sa dernière décennie. Il peignait, jouait beaucoup au ping-pong et fréquentait des femmes plus jeunes que lui. Clive se souvint alors de Goethe qui, à soixante-treize ans, avait fait une dépression sous prétexte que sa voisine, âgée de dix-huit ans, refusait de l'épouser. Cette réaction excessive témoignait de manière amusante de la présomption d'un ego surdimensionné.

Clive somnola un moment, puis le bruit d'un papillon de nuit se cognant contre l'abat-jour de la lampe de chevet le réveilla. Comment peindre Kara sans avoir le matériel nécessaire ? Il se leva et fouilla dans le fond de son grand placard. Par chance, sa mère ne jetait jamais rien, et il trouva quelques aquarelles craquelées et desséchées, mais récupérables. Les tubes de peinture à l'huile étaient tous fichus, hormis des tubes neufs de blanc de titane et de terre d'ombre brûlée. Il y avait aussi son chevalet fragile, à douze dollars, qu'il avait reçu pour son douzième Noël. Grâce à son ordinateur, il allait commander les fournitures indispensables. Il savait qu'au fond du garage, dans l'énorme coffre à outils de son père, se trouvait toujours une pile de plaques de bois aggloméré de dix-huit centimètres sur vingt-trois, découpées en vue de ses premières tentatives artistiques. Enduites de blanc, elles seraient parfaites. Il sourit au souvenir de la dame huppée qui, à la foire de comté, avait fait sauter ses peintures hors de leur cadre en disant qu'elle voulait seulement acheter les cadres. Il savait qu'au matin il se sentirait très mal, à la fois épuisé et à bout de nerfs, mais il s'en moquait. Autrefois, il peignait frénétiquement jusqu'à dix-huit heures par jour, et Tessa lui apportait un breuvage énergisant paraît-il très sain, qu'il jetait souvent par la fenêtre de son atelier dans l'allée inférieure. Il doutait même que les rats trouvent appétissante cette mixture de carottes, de betteraves et de bananes. Il se dit que l'inconfort serait sans doute intéressant, car il l'avait consciencieusement évité ces dernières années, en s'accordant deux brèves siestes par jour, une petite promenade et de bons repas. Le seul inconfort qu'il ait jamais connu récemment était le décalage horaire dû à ses voyages transatlantiques, mais après ses arrivées matinales en Espagne, en France ou en Italie, il passait une première journée oisive avant de se mettre au travail pour de bon dès le lendemain, et ces dernières années il avait toujours réussi à arracher à ses commanditaires une place en classe affaires à l'aller comme au retour.

Il se souvint d'avoir coupé du bois avec son père. À deux kilomètres de chez eux, un voisin avait fait abattre tous les arbres de son terrain, mais il restait d'innombrables et énormes branches de hêtre, de chêne et d'érable, des bois qui brûlaient magnifiquement. Ils avaient travaillé tout un après-midi, par les bourrasques glacées de la fin octobre. Comme on circulait difficilement à travers les troncs et les branches tombés à terre, ils avaient emmené Jerry et le traîneau, plutôt que le tracteur et la remorque. Quand ils eurent coupé douze stères, leurs vêtements étaient tout raides de glace. Cet automne-là, les prix du blé et du maïs avaient dégringolé, et tout ce boulot avait pour but d'économiser cinquante dollars de bois de chauffe. Par ailleurs, il était mal vu d'acheter du bois quand on pouvait en couper soi-même, à moins d'être infirme. Ils atteignirent la maison juste avant la tombée de la nuit, ils donnèrent à manger à Jerry et le brossèrent, entrèrent enfin au salon, ôtèrent leurs vêtements trempés devant le poêle brûlant, puis son père servit à chacun deux bons doigts de whisky bon marché, malgré la désapprobation de sa mère. Ils mangèrent du rôti en sauce avec un mélange de pommes de terre, de rutabagas et de choux écrasés, accompagnés de la salade de maïs de sa mère. Il s'était couché à huit heures, mais réussit seulement à se réchauffer vers minuit. Il n'avait pas fait ses devoirs pour l'école, mais il savait donner le change et il n'eut que des notes excellentes. Le lendemain matin, il se leva de bonne heure pour entamer un tableau de l'énorme corps fumant et épuisé de Jerry, en route vers la maison dans la tempête glacée.

VIII

Tandis qu'il roulait vers l'église, il se mit à piquer du nez, et sa mère s'en aperçut. Elle insista alors pour conduire et, sur vingt kilomètres, elle fut insupportable à force de rouler sans arrêt au milieu de la chaussée. Il se sentait plutôt vaseux, mais moins mal qu'il ne s'y attendait. À l'aube, dans les fourrés, il était resté au poste de guet numéro 5 avec sa mère. Plus jamais il ne s'aventurerait dans ces maudits fourrés sans la carte de Margaret. Elle avait poussé des cris de joie en entendant un certain nombre d'espèces volatiles, surtout trois nouvelles fauvettes de printemps, dont l'une, la paruline à gorge orangée, parut à Clive ridicule avec son plumage noir et orange. Puis ils avaient eu droit au traditionnel petit déjeuner dominical : bacon épais, œufs, tranches grillées de bouillie de pain de maïs avec sirop d'étable de fabrication locale. Un jour, il lui avait dit que, dans le monde normal, la bouillie de pain de maïs s'appelait polenta. « Et moi j'appelle ça de la bouillie de pain de maïs », avait-elle répliqué sans grand intérêt. Après le petit déjeuner il commanda ses fournitures d'artiste sur l'ordinateur, et il sursauta quand elle déclara que, selon Margaret, même les femmes regardaient de la pornographie sur Internet.

« Voilà où en est le monde d'aujourd'hui », se plaignit-elle en lavant la vaisselle du petit déjeuner. Elle éclata d'un rire imprévu en disant qu'elle savait que son propre père avait toujours eu un calendrier de femmes nues dans la grange. C'était vraiment surprenant, car elle ne parlait jamais de sexualité. Il regretta que cette grange eût disparu, car il aurait pu y installer son atelier là où l'on stockait la paille. Trente ans plus tôt, elle avait vendu le bois et les poutres de cette grange à un entrepreneur spécialisé dans la rénovation « à l'ancienne ».

Il conduisit mal sur le chemin de l'église, car il avait tendance à somnoler et à accorder trop d'attention aux troupeaux de vaches laitières ainsi qu'au nombre croissant de chevaux de selle mis en pension dans les fermes par des citadins de Reed City et Big Rapids. Il avait lu dans le *Times* que cet engouement pour les chevaux de selle était nettement retombé, mais voilà que dans le nord Michigan il découvrait un faux élevage de chevaux façon Kentucky avec des barrières en bois peintes en blanc. Sa mère piqua une colère à cause de sa conduite erratique et l'obligea à s'arrêter pour prendre elle-même le volant. Lorsqu'il descendit de voiture et traversa le fossé pour aller jeter un coup d'œil à un groupe de chevaux, elle lui cria : « Reviens, fils, nous allons être en retard à l'église ! » Depuis le départ de Margaret, neuf jours plus tôt, il avait plusieurs fois remarqué ces chevaux alors qu'il allait faire des courses en ville. D'un côté de la clôture il y avait deux chevaux, un blanc et un bai, et de l'autre côté sept chevaux. À chacun de ses passages, ils se regardaient en occupant à peu près les mêmes positions que précédemment.

« Qu'est-ce qui se passe ici ? Les chevaux communiquent entre eux ? demanda-t-il en remontant dans la voiture côté passager.

— Bien sûr que oui, dit sa mère en démarrant. Toutes les espèces animales se parlent. Les souris chantent en chœur et de nombreux oiseaux ont des centaines de chants différents. Tu devrais essayer de lire autre chose que des bouquins sur l'art. »

Il ne répondit pas. Récemment, il avait tenté de lire un court roman intitulé *Le Rêve du cartographe*, sur la perception du monde à la Renaissance. Le narrateur était un moine vénitien qui ne quittait jamais sa lagune et se fiait aux témoignages des premiers voyageurs au long cours, de passage dans la cité lacustre. À la Biennale de Venise, Clive avait toujours souffert de claustrophobie, même à la belle époque de l'immense appartement de Peggy Guggenheim. Dans le livre, chaque lieu tentait de nier la réalité d'autres lieux, une idée séduisante, car Clive avait remarqué qu'à New York l'Hudson et l'East River ressemblaient à des murs qui excluaient le reste du monde. Un vieillard de quatre-vingt-douze ans, habitant un appartement voisin du sien, avait donné ce livre à Clive. Cet homme avait été un éminent professeur d'histoire de l'art dans une université du Midwest, et il avait pris sa retraite en ville pour être près des musées. « Je suis absolument libre. Tout le monde me croit mort », avait gaiement déclaré le retraité. Ils s'invitaient parfois à déjeuner. Ce vieillard était un excellent cuisinier et l'âme la plus joyeuse que Clive eût jamais rencontrée.

Quand la voiture se gara devant l'église, Clive pensait toujours à la forme du monde. Des dizaines de milliers de peintres et d'écrivains avaient vu le monde différemment, et lui-même était là, devant cette église anonyme, en territoire étranger. Sa mère avait décidé qu'il ne pouvait pas assister au service religieux, car il risquait de s'endormir, de se mettre à ronfler et de lui faire honte. Elle lui ordonna d'être de retour d'ici une heure, si bien qu'il roula jusqu'à un petit parc situé sur la berge élevée de la rivière Muskegon. C'était l'un de ses endroits préférés lors des voyages en ville de son enfance. À l'époque, il pensait qu'il y avait des dizaines de mètres entre le parc et la rivière, mais il estima maintenant que son banc de parc attitré se trouvait à peine à vingt mètres en surplomb de la berge. Le monde avait manifestement changé de forme. On ne pouvait se fier à rien. D'habitude, ses visites à la maison se limitaient à trois ou quatre jours, et il appréhendait maintenant ce séjour prolongé. C'était autre chose que ce qu'il ressentait lorsqu'il passait une dizaine de jours à Paris, avait tendance à tout oublier de New York, et à son retour la ville lui semblait un peu bizarre et débraillée. Ses émotions présentes étaient beaucoup plus vives. Son père lui avait maintes fois conseillé de rester droit dans ses bottes, mais cette métaphore militaire était aussi absurde que la bataille contre le cancer. Il avait toujours méprisé les poncifs psychologiques entourant la fameuse « crise de la quarantaine », et qui semblaient ignorer la « crise de la vieillesse ». Quelle était la forme de son propre univers personnel ? Peut-être que le temps était de l'argile, qu'on pouvait façonner et façonner encore ? Sa première erreur avait sans doute consisté à refuser d'admettre les limites de ses propres talents. Son désir adolescent de devenir un grand peintre avait certes été infini, mais comment décider du talent ? Son ambition d'être artiste et celle d'avoir une fulgurante carrière artistique, étaient-ce là deux choses entièrement différentes ? Une jolie fille en short fila près de lui en vélo, trop vite pour accorder à Clive davantage qu'un bref aperçu de son derrière admirable et l'envie soudaine de peindre Laurette nue en dessous de la taille sous le plafonnier d'une vieille voiture.

Il somnola et se réveilla dix minutes après l'heure convenue avec sa mère pour aller la chercher. Il ne prit pas la peine de se hâter, sachant très bien que la colère maternelle ne dépendrait pas du temps écoulé depuis l'heure du rendez-vous, mais du seul fait qu'il arrivait en retard. Il eut une pensée heureuse : il n'avait aucun financement pour le restant de ses jours, car en dehors de lui tout le monde s'en fichait. Il devenait peut-être fou comme un chapelier, mais jusqu'ici il ne s'en était pas trop mal tiré.

IX

En fait, sa mère était presque au fond du cimetière de l'église, sous un frêne, absolument ravie
d'avoir entendu son premier loriot printanier. Peu
désireux de klaxonner dans la rue, il avait rejoint
l'endroit où, tout à fait oublieuse du monde, elle
restait en contemplation devant le loriot perché près
de la cime du frêne bourgeonnant. Margaret avait
déclaré que leur mère était capable d'identifier deux
cents espèces d'oiseaux à leur chant. Était-ce possible ? Et pourquoi pas ?

Au retour, elle avait évoqué en babillant un
oiseau, la barge rousse, qui migrait entre les îles
Aléoutiennes et la Nouvelle-Zélande, accomplissant
cet immense trajet en neuf jours et sans la moindre
escale. Clive avait jugé cet exploit tout à fait improbable, mais elle lui avait décrit en détail comment
cet oiseau s'empiffrait de crustacés jusqu'à devenir
obèse et être presque incapable de voler, avant de
s'embarquer cap au sud dans un grand vent du nord
pour son voyage de seize mille kilomètres. Les faits

scientifiques immuables avaient toujours rendu Clive légèrement nauséeux. Il se rappela un vers de Wallace Stevens, appris en fac dans un cours de littérature américaine, où le poète disait que le pire de tout c'était de ne pas vivre dans un monde physique. Il en conclut que, s'il souffrait vraiment d'un effondrement psychique, il valait mieux que ça lui arrive à la campagne plutôt qu'à New York, où presque tout l'univers physique se réduisait à du béton. Quand Tessa et lui s'étaient séparés, il avait passé le plus clair de son temps à marcher pour pouvoir dormir la nuit, et il avait souvent longé l'East River ou l'Hudson, car ces eaux vives avaient quelque chose de réconfortant qu'il ne parvenait toujours pas à identifier clairement.

Dans la banlieue de Big Rapids, la fille qu'il avait entrevue près de la rivière fila devant lui alors qu'il était arrêté à un stop, et il admira encore la souplesse de son derrière. Devait-il dépasser ce voyeurisme ? Mais qu'y avait-il donc au-delà de ce dépassement, sinon une autre désuétude ?

Il s'arracha complètement à sa rêverie sexuelle quand sa mère fit un signe vers Ralph's, une petite épicerie et station-service de campagne.

« Ce n'est pas un self-service. Ralph remplit toujours ton réservoir, et il a deux ans de plus que moi. »

Elle entra dans le magasin avec une énergie qui le surprit. L'univers de sa mère, où un seul loriot pouvait la faire radicalement changer d'humeur, le déroutait. Il se mit à penser à un gros bidon de peinture blanche à l'huile, que Margaret avait laissé dans le garage et qui lui avait servi à peindre une porte dans sa chambre. Cette peinture serait parfaite pour enduire une dizaine de petits panneaux d'humble bois aggloméré. L'idée de commencer petit lui plaisait. C'était aussi facile que de faire du vélo : une fois qu'on savait, c'était pour la vie. Quelqu'un avait dit : « La technique est la preuve de ton sérieux », mais à quoi sert-elle en fin de compte, si l'on n'est pas engagé dans ce qu'on voit ? Il connaissait un écrivain au style exquis, qui réussissait bien mais qui admettait volontiers qu'il n'avait rien de particulier à dire. C'est avec un plaisir non dissimulé que Clive s'était détaché de la scène de l'art contemporain depuis que lui-même ne peignait plus. Et puis, quand il évaluait une collection, il découvrait rarement une œuvre capable d'exciter de gros acheteurs, hormis parfois un Ed Ruscha égaré valant désormais un million de dollars. Assis au volant dans le parking désert de Ralph's, il se demanda si Mike Ovitz possédait encore tous ces Schnabel... Presque toutes les œuvres tombaient bien sûr dans l'oubli. Où donc étaient passés les millions de dollars dépensés par Lucille Ball pour les clowns tristes peints par Keane ? Il se rappela un tableau abstrait de trois mètres sur quatre, qu'il avait peint dans un style douloureusement inspiré par De Kooning. Tessa avait remisé toutes ses toiles dans un garde-meubles quand il avait fui à Modène, en

Italie. Il se dit que la facture de ce garde-meubles dépassait sans doute de loin la valeur de ses tableaux.

Sa mère ressortit de Ralph's avec un air malicieux, en tenant quelque chose derrière son dos. Elle contourna la voiture jusqu'à la portière du conducteur, où le visage de Clive dépassait de la fenêtre, car il était strictement *verboten* de fumer dans la voiture.

« Sens-moi ça. Tu l'adorais quand tu étais petit. »

Il renifla l'emballage en papier brun. C'était la mortadelle aux condiments maison de Ralph's, pas vraiment la madeleine de Proust, mais lui non plus n'était pas vraiment Proust. L'odeur de cette gourmandise de l'enfance le ramena violemment plusieurs décennies en arrière, quand assis dans la barque il pêchait des crapets arlequins avec son père, mangeait du cheddar fort et la mortadelle aux condiments avec des crackers.

« Merci », dit-il avec une inhabituelle sincérité absolue.

Une fois de retour à la maison, sa mère remarqua un message téléphonique et répondit à un appel de Sabrina en Californie. Refusant d'assister à cette conversation, Clive ressortit avec une boule dans la gorge. Comment a-t-il pu laisser les choses dégénérer depuis aussi longtemps avec sa fille unique ? Trois ans plus tôt, il avait émis une remarque déplacée sur le dernier mari de Tessa, car il les avait imaginés vivant dans le luxe alors que lui-même, Clive, se débattait contre l'augmentation des loyers. Enfin, il ne *se débattait* pas vraiment, car ce terme s'appliquait seulement aux gens ordinaires dans l'économie actuelle, et lui-même passait tellement de temps avec des collectionneurs vraiment riches qu'il avait tendance à se sentir pauvre en comparaison de leurs extravagances souvent ridicules. Il regrettait parfois de ne pas être poète, car les poètes de sa connaissance péroraient élégamment devant leur public. Certes, il écrivait bien, mais à force d'un labeur fastidieux. Le plus souvent, en s'adressant à quelqu'un, il avait tendance à être bref, sarcastique, laconique, comme s'il apprenait à battre les cartes. Les peintres parlaient ainsi, en partie parce qu'ils passaient beaucoup de temps à observer la forme et la couleur de leur environnement. Par exemple, à cet instant précis et vu du patio, un oiseau jaune semblait prisonnier et perdu dans un épais rosier ; la taille minuscule de son corps rendit Clive incapable d'articuler la moindre phrase sensée.

« Elle t'embrasse. Mais quel dommage que vous deux ne parveniez pas à dépasser votre querelle. Tu ne vas pas vivre éternellement, monsieur le Gros Bonnet », dit sa mère en sortant dans le patio.

X

Le lendemain matin de bonne heure, dans sa chambre, il enduisit de blanc une douzaine de rectangles d'aggloméré, et parce qu'il attendait avec impatience qu'ils sèchent et ne voulait pas que des insectes viennent s'y coller, il installa un ventilateur par terre. Au milieu de la nuit, il s'était glissé en silence au rez-de-chaussée pour rejoindre son ordinateur et, il y pensa soudain, sortir la mortadelle du réfrigérateur. Sa mère avait préparé un poulet grillé, le déjeuner classique après l'église, mais seulement un bol de soupe aux pois pour dîner. Son système digestif de Manhattan était réglé sur un dîner tardif plus copieux pour lui assurer une bonne nuit de sommeil jusqu'au matin. Que contenait la soupe aux pois ? Des pois secs. Et *basta*. Elle réclamait à cor et à cri un jambonneau ou un talon de prosciutto.

Il rédigea un long mail d'excuse pour Sabrina, puis, aidé par une bouteille de vodka Absolut qu'il avait cachée dans le placard, il réduisit sa logorrhée

contrite à un seul petit paragraphe raisonnablement
lucide. À quoi bon déblatérer tant et plus ?

Ma très chère fille,
Je te demande pardon pour mon comportement
détestable d'il y a deux ans, pendant un repas chez
Babbo. C'était affreux de ma part de dire ces
méchancetés sur ta mère et son nouveau mari. Ça
ne me regardait nullement. Je n'ai aucune excuse,
sinon que je n'avais pas d'argent à cette époque, et
que j'étais déprimé. Je te prie de me pardonner.
Je t'aime.
Papa

Il envoya ce mail, car en Californie à cause du
décalage horaire c'était seulement le milieu de soirée.
Il était très mal assis à un bureau d'écolier beaucoup
trop petit pour lui. Son père avait acheté ce bureau
trois dollars juste après la fermeture de l'école de
campagne située un peu plus loin sur la route. Il
faudrait trouver un bureau plus grand, peut-être
dans un vide-greniers. Il regretta de ne pas avoir
pris de crackers pour accompagner la mortadelle et
la vodka. Si seulement son groupe de gourmets, un
club confidentiel composé de trois femmes et de
trois hommes qui cuisinaient ensemble une fois par
mois au Village, pouvait le voir à cet instant précis !
Il aurait dû leur révéler qu'en tant que fils de paysans pauvres, ses racines plongeaient dans la mortadelle, et que la mortadelle qu'il avait goûtée à

Bologne était moins bonne que celle de Ralph's, qu'il savourait à présent. Il se dit que, durant sa double carrière dans les arts et l'enseignement, les gens avaient tendance à prendre beaucoup trop au sérieux tout ce qu'ils disaient ou faisaient. Manger de la mortadelle après minuit, c'était simplement manger de la mortadelle après minuit. Il se rappela le jour où un ami chez Gagosian lui avait envoyé un catalogue de Richard Phillips, et il avait éclaté de rire en découvrant un tableau figurant la croupe nue d'une fille penchée en avant. Il espéra que son tableau de Laurette sur la banquette de la voiture serait aussi érotique. L'essentiel, c'était de ne pas se prendre trop au sérieux. Il devait encore rester environ trois semaines auprès de sa mère et il pouvait envisager la peinture comme un passe-temps. À soixante ans, il deviendrait un peintre du dimanche peignant tous les jours. Un peintre du dimanche pour qui c'est tous les jours dimanche, quelle idée intéressante !

Le matin où il termina son enduit blanc, il eut l'agréable sensation d'une petite lumière éclairant son âme assiégée de toutes parts. Il reconnut la banalité de cette sensation, sans doute partagée par les jardiniers ayant fini de désherber une plate-bande. Dans son cas, ce plaisir fut renforcé par la réponse de Sabrina qui lui envoya le mail suivant :

Cher papa,
Tout est pardonné. Voyons-nous au plus vite.
J'irais bien passer quelques jours là-bas. J'ai besoin

de souffler dans la rédaction de ma thèse. Si tu manques d'argent, j'en ai plein à la banque, suite au décès de grand-père. Tout a commencé en Nouvelle-Angleterre dans les années 1700, grâce au commerce des épices et des esclaves... Incroyable ! Bien sûr, le quatrième mariage de maman a tourné vinaigre : encore un chercheur d'or. Elle fait une retraite zen, dans le même monastère que Leonard Cohen. Elle a toujours adoré ses chansons. Tu savais que le chant a précédé le langage ? À très bientôt.

Je t'aime.

Saab.

Le surnom de Sabrina avait toujours été Saab, comme la voiture. Il regretta de lui avoir dit qu'il était fauché. Entre sa chaire universitaire et ses à-côtés artistiques, il gagnait dans les deux cent mille dollars par an, pas beaucoup selon les critères de Manhattan, mais il n'y avait pas de quoi se plaindre compte tenu de l'état de l'économie nationale. Il avait bien sûr dépensé jusqu'au dernier cent qu'il avait gagné. Ses quinze années de mariage avec Tessa ne lui avaient pas vraiment inculqué le sens de l'épargne. Même les nantis aiment se plaindre subtilement des très riches.

Il fut soudain obsédé par cette idée que le chant ou la musique était arrivé avant le langage. Il avait plusieurs fois visité Lascaux en Dordogne, et Altamira en Espagne. Il tenta d'imaginer des hommes primitifs chantant tout en peignant, avant d'avoir le moindre langage articulé. Peut-être chantaient-ils en enchaînant une succession mélodieuse de syllabes dépourvues de sens, comme le scat de la chanteuse de jazz Annie Ross. Ils chantaient sans doute parce qu'ils aimaient ce qu'ils faisaient.

Sa mère le héla dans l'escalier pour lui rappeler qu'il lui avait promis une promenade en barque destinée à s'approcher d'une colonie de hérons. Ça lui allait très bien, car il ne comptait pas rester là à regarder la peinture sécher. Et puis il était ridiculement excité à l'idée que FedEx allait bientôt lui livrer sa grande boîte de Crayolas, son kit à cent dollars de peinture à l'huile, et les mets délicieux commandés chez Zingerman's.

Ce fut un bref trajet jusqu'au petit lac, mais ponctué de plusieurs arrêts brusques sur le bas-côté pour observer un oiseau ou un autre, que sa mère venait d'entendre. Elle avait certainement l'ouïe très fine pour une vieille dame, même si ce qu'elle guettait était vraiment singulier. Du coup, il réfléchit à sa propre acuité visuelle, parfois peu fiable. Lors de ses innombrables visites au Metropolitan Museum, au MoMA, à la Frick Collection, au Guggenheim ou au Whitney, sa vision dépendait du jour, autrement dit de son état d'esprit. Lors de ses visites les plus mémorables, certains tableaux et certaines parties de tableaux devenaient un trait permanent de sa structure neuronale, et il pouvait se les remémorer à volonté, en une fraction de seconde. Il soupçonnait que les souvenirs de sa mère relatifs aux oiseaux fonctionnaient de la même manière. Maintenant, en passant devant une rangée de poteaux de clôture en mauvais état, il se souvint qu'à cet endroit très précis et plus de quarante années auparavant elle avait montré du doigt un groupe de merlebleus. Les souvenirs résident dans le paysage et se dressent devant vous quand vous revisitez une région. S'il parvenait à mettre la main sur son ancienne voiture, Laurette serait toujours nue sur la banquette avant.

Le paysan propriétaire de ce petit lac privé était mince et voûté, souffrant d'arthrose de toute évidence, mais il insista pour porter les rames en bois depuis une cabane jusqu'au lac situé à une centaine de mètres derrière la grange. Ce paysan appelait la mère de Clive « Coochie », un surnom manifestement vieux de plus de soixante-dix ans. Ils étaient jeunes à cette époque, pensa bêtement Clive. Le paysan fit déguerpir un gros serpent d'eau lové près de l'avant de la barque. Clive aida sa mère à y monter, et les voilà partis sur le lac, Clive savourant l'effort de ramer pour faire avancer ce vieux et lourd bateau.

Il se dit ensuite que ce fut le côté physique et métronomique de la rame qui lui rappela le caractère progressif de son effondrement, mais le mot *effondrement* était trop dramatique pour décrire l'allure d'escargot de cet effritement. Il existe un niveau confortable d'équilibre mental, mais le simple fait de tomber un millimètre en dessous de ce niveau induit un état très déstabilisant. Il sentait un vide derrière le sternum et entre les oreilles, et parfois des bouffées de colère provoquées par des broutilles telles que les horreurs des aéroports, que d'ordinaire il supportait stoïquement en lisant Donna Leon ou ces lugubres romans policiers scandinaves où le héros a toujours un rhume, mange des plats répugnants et boit du mauvais café. Tout à coup, l'osso bucco et le risotto à la milanaise qu'il préparait pour son club gastronomique n'eurent plus aussi bon goût.

Vers l'époque de sa querelle avec Sabrina, presque trois ans plus tôt, il s'était envolé pour Minneapolis afin d'y prononcer sa conférence rituelle, *Le Coût de la création*, au Walker Art Center. Selon son journal de voyage, c'était la huitième fois qu'il donnait cette conférence sur le mécénat de l'Église et de la noblesse comme unique source de revenus pour les artistes de la Renaissance, si bien qu'il était las de se répéter. Il avait remarqué au deuxième rang, assise à côté de son mari somnolent, une dame âgée extrêmement contrariée. D'habitude, il exigeait que les questions destinées au débat suivant la conférence lui soient communiquées sur des bristols dix par quinze pour éviter les bavardages insipides, mais il avait oublié de mentionner cette précaution à ses hôtes. Cette femme âgée devint le cauchemar de tout conférencier. Elle se leva face au public pour raconter qu'elle avait passé cinq années en Italie avec son mari, « un important homme d'affaires ». Manifestement dérangée, elle prétendit avoir visité tous les musées italiens et appris que tous ces chefs-d'œuvre avaient été peints par « de saints artistes » seulement motivés par l'amour de l'art, si bien que Clive était affreusement mesquin de parler d'argent à propos de leur travail. Un brouhaha amusé monta du public tandis que Clive se passait les mains dans les cheveux en préparant sa réponse. En bon New-Yorkais, il eut envie de la terrasser sur place, mais il commença poliment en déclarant qu'en Espagne Goya avait engendré dix-neuf enfants réclamant de la nourriture et des couches, si bien qu'il avait sans doute eu besoin d'un peu d'argent, tout en omettant de signaler qu'ils étaient tous morts sauf un.

« Nous parlons de l'Italie, monsieur le Gros Bonnet. »

Il remarqua avec amusement que cette femme venait d'utiliser une expression de sa propre mère, mais, désireux de se débarrasser au plus vite de cette engeance, il rétorqua que les habitants du Dakota du Nord ne connaissaient pas forcément l'art américain sur le bout du doigt. C'était un coup bas, mais cette sainte-nitouche ne l'avait pas volé. Il répondit ensuite à d'autres questions, mais se sentit inexplicablement agacé par cette vieille cinglée. Il remarqua qu'elle pleurait derrière ses mains et ensuite, dans le foyer bondé, le mari de cette femme lui cracha au visage : « Vous venez de faire pleurer ma femme, espèce de sale pédale new-yorkaise ! » Le service de sécurité fit évacuer le couple, mais lors du dîner tardif il but plus que de raison et se montra irascible. À l'aube, en route vers l'aéroport, il se mit à considérer ses succès dans le monde de l'art comme une forme possible de maladie mentale.

Sur le lac, sa mère roucoulait et gloussait tant et plus à l'attention de la colonie de hérons, tandis que Clive devenait aussi calme que la surface du plan d'eau, seulement préoccupé de ses livraisons par FedEx. Lorsqu'il se gara au bout de l'allée, il aperçut les paquets empilés devant la porte de la cuisine et son cœur bondit dans sa poitrine. Il disposa son butin sur la table de la cuisine, ouvrant d'abord le paquet de Zingerman's, car il fallait très vite en ranger le contenu au réfrigérateur. Il renifla le prosciutto, la mortadelle, la *soppressata*, le provolone importé, le fromage frais destiné à la douzaine d'authentiques bagels, les cinq fromages français et une bonne livre d'excellent saumon fumé. Sa mère tenta de s'emparer de la facture pour en découvrir le montant, mais il fut plus rapide. Après cet acte de rébellion ouverte, elle s'éloigna vexée et partit faire la sieste.

Les vingt-quatre tubes de peinture à l'huile étaient beaux, mais plus petits qu'autrefois, et les carnets de croquis plus minces. Il passa une bonne demi-heure devant sa boîte de cent vingt Crayolas de luxe, c'était un peu cher mais toute cette variété l'excitait. Il constata avec soulagement que la terre de Sienne naturelle et la terre d'ombre brûlée et le vert forêt étaient toujours là, mais avec déception la disparition du jaune maïs et du bleu-violet, cette dernière couleur étant celle du crépuscule hivernal.

Le rouge mûre avait aussi rejoint le cimetière des Crayolas défunts. Il découvrit aussi avec irritation qu'en 1993 les consommateurs avaient reçu l'autorisation de nommer de nouvelles couleurs « tape-à-l'œil », « asperge », « macaroni au fromage » et « loup gris ». « Arrivistes », murmura-t-il.

Il mangea un demi-bagel généreusement couvert de fromage frais et de saumon, et aussi bon que celui de Barney Greengrass, jugea-t-il. Il monta se reposer avec son précieux matériel. Allongé sur le lit, il décida de faire des économies et de peindre son squelette de baleine avec des tubes achetés à la quincaillerie du coin. Il se mit à bander un peu en pensant à Kara assise nue sur son bureau, et encore plus en imaginant la vulve de Laurette pressée contre le cuir gris de la banquette de sa voiture.

TROISIÈME PARTIE

XI

Clive se réveilla à l'aube en ayant perdu la conviction de sa propre importance. Il ne savait pas où elle était passée, mais elle l'avait bel et bien quitté. Sa première pensée fut que les arts se passaient de lui depuis des siècles et continueraient à le faire durablement. Pendant la nuit, il avait regardé la lune déformée à travers chaque petit panneau de verre biseauté sur la porte donnant dans le couloir. Il avait aussi vu un oiseau, que sa mère appelait faucon de nuit ou engoulevent, passer devant la lune à la recherche d'insectes nocturnes. La veille au soir, dans le patio, l'un de ces volatiles avait frôlé son visage et il avait entendu le froufrou de ses ailes. Subitement, il pensa que rien ne ressemblait à rien, ce qui donnait à un peintre une éternité de travail. Il avait seulement dessiné jusqu'à l'âge de dix ans, puis il s'était mis à l'aquarelle, à la caséine et, dans la mesure de ses modestes moyens, à la peinture à l'huile. Pourquoi ne pas recommencer ? Septuagénaire décrépit, il créerait une série de tableaux purement abstraits sur les phases de la lune, qui avaient dominé sa conscience tout en étant à peine observables à New York. Il avait toute raison de croire qu'il avait laissé le langage et la pensée le trahir ; ce serait donc un immense soulagement de peindre et de renoncer au langage et à la pensée. Il parlait de l'art depuis vingt ans, et même si quelqu'un devait s'occuper de cette tâche, lui-même avait accompli sa part du boulot et le moment était venu de fermer son clapet sur ce sujet.

Après onze jours à la maison, Manhattan se mit à lui manquer douloureusement, un mal du pays inévitable quand on y a passé près de quarante ans. La vieille maison lui était bien sûr familière, mais sur le chapitre de la sentimentalité il éprouvait une sorte de frustration. Selon lui, il n'y avait sans doute pas assez de gens intelligents dans la région pour assurer cette espèce de cohésion sociale garantie, paraît-il, par la civilisation, alors qu'à New York on avait aussitôt sous la main toutes les activités culturelles imaginables. Il avait remarqué depuis une vingtaine d'années le nombre grandissant d'articles sur ce qu'on appelait les « problèmes environnementaux », mais ces articles étaient presque toujours écrits du point de vue universitaire. Il se dit que peu de gens réussissaient à mener une existence solitaire sans perdre entièrement leurs repères. Quand il avait onze ans, son père et lui étaient partis en voiture vers le nord et l'Ontario, et le jeune Clive trouva alors très inquiétant de camper et pêcher dans une région aussi éloignée du monde civilisé. La pêche était quasi miraculeuse, mais si facile qu'elle en devenait presque ennuyeuse. Ils remplirent une grande glacière avec des filets de poisson, jetèrent les restes sur un sentier, puis regardèrent une ourse noire et ses oursons se délecter de ce festin. Une autre splendeur était la brume de l'aube sur les lacs, qui rappela à Clive un livre consacré à l'art japonais qu'il avait admiré à la bibliothèque de Big Rapids.

À un niveau plus ordinaire, le désir de vrais bagels ou d'un hot-dog au chou à la sortie du musée en fin d'après-midi, tendait certainement à réduire l'importance qu'on pouvait s'accorder. Afin de conserver son équilibre à New York et d'être pris au sérieux, il fallait maintenir les apparences, que vous donniez une conférence, enseigniez ou évaluiez une collection. En mars, il avait examiné un grand carton de dessins français du dix-huitième siècle pour une veuve de Park Avenue et il constata qu'il avait augmenté sa crédibilité en portant une veste sport en doux cachemire froissé, une chemise beige en lin, ainsi qu'un nœud papillon espagnol et tombant, acheté à Cordoue. Cette veuve qui frisait les soixante-dix ans avait mis Clive mal à l'aise en multipliant les gamineries quand, après l'évaluation des dessins, ils avaient partagé un Ricard.

Dans la maison de famille, sa tâche principale consistait à accompagner sa mère à l'aube jusqu'à un site d'observation des oiseaux. Il portait un jean, des bottes en caoutchouc et un épais sweat-shirt pour se protéger contre les nuages de moustiques. L'aube résonnait des gazouillis certes plaisants des oiseaux. Puis il s'installait dans le patio pour boire le contenu d'une cafetière en attendant le coup de sifflet de sa mère, que dans la maison, à l'abri des moustiques, il n'aurait pas pu entendre. L'odeur du produit anti-moustiques modifiait le goût du café, les livres de Sebald et Bolaño ne convenaient pas au paysage, et il se rabattit sur *La Poétique de l'espace*, de Gaston Bachelard, l'un de ses essais préférés depuis l'université.

Installer un loquet sur la porte de sa chambre et peindre le squelette de la baleine avec une brosse de sept centimètres lui prirent le même temps. Alors qu'il mettait la dernière touche sur la colonne vertébrale située à la verticale de sa propre tête, il glissa de l'échelle branlante et fut submergé d'une brève panique avant d'atterrir sans mal sur le lit, qu'il avait déplacé pour qu'à l'aube sa tête posée sur l'oreiller fît face à la fenêtre ouverte, afin de mieux voir le monde retrouver ses formes.

Il dormit deux heures et à son réveil en fin d'après-midi le squelette de baleine qui l'entourait le ravit. Maintenant il habitait un enclos digne de son imagination. Entendant des voix mélodieuses et des rires féminins, il se pencha discrètement et par une petite fenêtre jeta un coup d'œil dans le patio. Sa mère, Laurette et Lydia y buvaient du vin. Voisines vivant à la campagne, elles se connaissaient bien sûr, mais ni sa sœur Margaret ni sa mère ne citaient jamais le prénom de Laurette par respect pour les blessures aussi anciennes que ridicules de Clive.

Quand il descendit bruyamment l'escalier pour les saluer, la lourdeur de ses pas le poussa à se demander quelle importance il fallait donc s'accorder pour aller de l'avant. Un pas trop lourd risquait de briser la croûte terrestre là où elle était la plus fine.

Il avait grandement besoin d'un martini, qu'il se prépara, et il se sentit légèrement agacé en levant les yeux vers une étagère où il remarqua la présence d'un bocal à gâteaux bleu. Du temps de son enfance, le problème était que, lorsqu'il glissait la main dans ce bocal, il n'arrivait jamais à en sortir plus d'un seul gâteau. La vie était ainsi faite, mais il choisit alors de ne pas s'attarder sur une possible métaphore. Restes-en aux gâteaux, mon vieux.

Dehors, dans le patio, les trois femmes regardaient deux jaseurs des cèdres femelles tirer sur les extrémités d'un bout de fil. Ce fil était destiné à leurs nids, expliqua sa mère, qui observait cette querelle depuis une bonne heure. Laurette, debout, roulait des hanches, car elle avait mal aux reins. Lydia, installée dans une chaise longue, exhibait généreusement ses cuisses sous sa petite jupe d'été. Encore plus appétissante était le plat de lasagnes qu'elle avait apporté et qui trônait maintenant sur une table près d'une bouteille de vin vide. L'odeur de l'ail et de la sauce tomate, les cuisses de Lydia, le soleil mouchetant le patio sous le saule, tout cela l'émut et le convainquit de boire une longue gorgée.

« Quel rustre tu fais ! Tu as de la peinture sur le visage », dit Laurette. Elle l'entraîna vers l'arrière du garage. « Je l'ai vu ici quand j'ai aidé ta sœur à peindre sa chambre. »

Il finit rapidement son martini, de peur qu'elle ne verse un peu de white spirit dans son verre. Elle était maintenant tout près de Clive, très occupée à lui nettoyer le visage. Derrière l'épaule de Laurette, il voyait toujours les deux jaseurs se disputer le morceau de fil, une métaphore de la ténacité féminine, mais surtout une simple bagarre entre deux oiseaux. Il se retrouva en train de la presser contre le capot de la voiture de sa mère, il essayait de l'embrasser, mais elle tournait la tête pour éviter ses lèvres. Ses mains lui malaxaient les fesses et il se mit à bander à une vitesse stupéfiante.

« Bon Dieu, dit Laurette, il faut que je réfléchisse un peu. Je ne peux pas te baiser dans un garage avec des gens dehors. » Elle s'esquiva en riant.

« Pourquoi ? » demanda-t-il sombrement. Il resta debout immobile en attendant que son pénis ramollisse. Il semblait à peine comique que cette femme continue de l'estomaquer quarante ans plus tard. Ce serait merveilleux de trouver une Plymouth de 1947 et de peindre Laurette adossée à la portière, sa jupe plissée relevée.

XII

Le lendemain matin, en allant chercher sa mère sur son site d'observation des oiseaux, il reconnut en son for intérieur qu'il se sentait bien. Il savait que son cerveau semblait fondre, mais au moins il avait quelques solides projets. C'était délicieux de se réveiller au point du jour et de voir le squelette de baleine prendre forme, et puis il y avait le tableau suivant de Laurette sur la banquette de la voiture, et puis le portrait de Kara, de Fort Wayne, à réaliser de mémoire, et puis les cent dix petits formats du monde vu à travers les panneaux de verre biseauté. À l'aube il avait eu une nouvelle intuition liée à la forme. De l'autre côté de la fenêtre il avait regardé un saule apparaître lentement, en se disant que les humains ressemblaient davantage à des saules qu'à d'autres mammifères, y compris le chimpanzé qui partageait pourtant quatre-vingt-dix-huit pour cent de notre génome. Les saules ont leur tronc pour corps, mais ils proposent des dizaines de membres saillants et un feuillage généreux. Ils se vautrent tout bonnement dans l'existence comme les humains.

Au petit déjeuner, les flocons d'avoine et la banane pas mûre lui firent regretter amèrement son épicier new-yorkais, puis il s'inquiéta car sa mère eut beau le nier, elle ne se sentait pas bien. C'était sa fibrillation atriale, des battements de cœur irréguliers, qui accentuait sa pâleur et sa fragilité. Quand il réussit à la convaincre de goûter à un bagel au saumon et au fromage frais, elle retrouva un peu de ses forces, mais elle reconnut enfin que Clive devait la conduire chez son cardiologue après qu'elle se serait allongée un moment.

Il fut déçu, car il désirait s'attaquer à sa peinture du verre biseauté, maintenant que ses rectangles de bois aggloméré étaient secs, puis il eut honte de sa déception. Après tout, il était là pour prendre soin de sa mère, pas pour sauver ce qui restait de sa propre vie, les ultimes vestiges de son désir. Alors le Grand Doute s'empara de lui, une conviction à la fois philosophique et politique qui l'accompagnait de manière poignante depuis six décennies : la certitude que le chaos règne et qu'en aucun domaine on ne peut accomplir quoi que ce soit de constructif et de durable. C'était surtout une infirmité mentale dont souffraient les intellectuels, les artistes et les écrivains, mais Clive se situait quelque part parmi eux tous.

Plutôt que d'entamer une peinture pour l'interrompre bientôt, il décida de nettoyer le ponceau situé en contrebas de l'allée, près de la route en gravillon. Sa mère avait pris l'habitude de lui laisser des notes quotidiennes sur ce travail, qui réussit à dissiper la boule du Grand Doute qu'il avait dans la gorge. Les détritus imbibés d'eau étaient pour l'essentiel des mauvaises herbes, des feuilles, des bâtons et du gravillon, qu'il réussit à retirer avec une fourche à pommes de terre. Au tout début des opérations, un gros lapin bondit hors du ponceau et Clive se surprit à pousser un cri strident en se jetant sur le côté, après quoi il se sentit idiot mais vaguement amusé. Entendant ce cri, sa mère arriva pour voir ce qui se passait et elle rit de bon cœur quand il lui raconta l'attaque du lapin.

Le trajet jusqu'au cabinet du médecin fut agréable. Il y avait un McDonald's juste à côté et il décida d'aller y manger pour la première fois de sa vie, un acte courageux pour un gourmet. Le hamburger ne réussit pas à être autre chose que mauvais, mais les frites étaient passables. La chance voulut qu'il revoie dans la rue cette même fille au derrière splendide, et il sentit frémir ses testicules. À soixante ans le désir sexuel va et vient, mais il est fidèle au poste quand on fait appel à lui. Selon la vieille rengaine freudienne, l'art était causé par une sexualité refoulée, et si tel était vraiment le cas, alors il était plus que prêt pour peindre. En attendant, il se rappela sa grand-mère maternelle, une jolie femme, mais née sourde. Il tenta d'imaginer le silence dans lequel sa mère avait grandi. Sans doute parlait-elle à la radio, ce que d'ailleurs elle continuait à faire lorsqu'elle écoutait la station NPR. Elle sortit du cabinet du médecin en souriant et annonça qu'elle allait encore vivre quelques années.

De retour à la maison, il fut surpris par la livraison d'un gros paquet par FedEx, de la part de Sabrina. Il espérait quelques succulentes gourmandises de San Francisco, mais ce paquet contenait les deux volumes du catalogue d'un artiste contemporain, et un énorme livre sur Caravage, tous deux publiés par Taschen. Pour Clive, Caravage était de loin l'artiste le plus intimidant de toute l'histoire de la peinture, et il rangea donc ces livres sur le piano droit du salon, hors de portée de ses intérêts immédiats. Sabrina lui adressait un petit mot : « Je me souviens de t'avoir entendu parler de ce type quand j'étais petite. » Bien sûr.

Debout près de la porte de l'escalier, il avait comme souvent l'impression que sa conscience filait devant lui à une vitesse qui dépassait celle d'une vie convenable. Le miracle de la peinture, c'était que l'esprit ralentissait au rythme du travail en cours, et que sinon on ne pouvait tout simplement pas bien peindre. Il décida de se promener une demi-heure, comme il le faisait en ville lorsqu'il était surexcité et qu'il faisait un aller-retour à pied entre SoHo et Washington Square.

Il choisit la grande pâture située de l'autre côté de la route, marcha de-ci de-là, constata avec une légère inquiétude que ses pensées s'attachaient à sa fille, puis à sa mère, puis à Margaret en Europe, puis à Susann, une amie peintre de l'université qui, quelques années plus tôt, était morte d'une tumeur au cerveau. Autrefois, il était la vedette du département art de son université, tout le monde le considérait comme l'étudiant le plus doué, tempétueux, débordant de *Sturm und Drang,* usant et abusant des formules définitives, toujours entouré d'une coterie de trois filles et d'un étudiant gay, Robert, qui le suivaient partout et buvaient la moindre de ses paroles comme du petit-lait. Mais Clive et un très perspicace professeur d'histoire de l'art partageaient un secret : Susann était une meilleure peintre. Timide et respectueuse, elle menait une existence obscure près de Glen Arbor, dans le comté de Leelanau. Elle peignait de manière sublime, surtout des paysages, des aquarelles, et il avait en vain tenté de lui trouver une galerie à New York. Ils étaient seulement en contact une fois l'an environ, et lors des rares voyages de Susann à New York. Elle lui disait toujours : « Ne t'en fais pas pour moi. Je vais bien. » De fait, elle vendait correctement dans sa région ; mais pour Clive, Susann incarnait l'injustice grotesque du monde de l'art, l'ignorance scandaleuse dans laquelle on tenait une artiste aussi merveilleuse qu'elle. Il possédait trois de ses peintures et quelques aquarelles. Lorsqu'elle mourut, il lui fallut garder ses œuvres un an dans un placard pour ne pas céder à la colère.

Il fit le tour de cette pâture de vingt arpents, en longeant la clôture tout du long. Il y avait une dizaine de vaches angus avec leurs veaux dans ce pré, et l'un des veaux décida de le suivre comme un bon chien. Cette compagnie fit plaisir à Clive.

« Je ne suis pas ton chef », dit-il au veau en se retournant vers lui, ce qui lui rappela un autre ami, un veau qu'enfant et avec la permission de son père il emmenait en promenade sur les dix arpents de forêt situés au sud-ouest de la ferme, une partie des quarante arpents vendus plus tôt par sa mère pour payer ses propres études.

Il se demandait maintenant si, oui ou non, Laurette accepterait de poser à moitié nue sur la banquette de la voiture. Cette idée était absurde et idiote, mais pourquoi pas ? Ce n'était pas plus délirant que son projet de se remettre à peindre. Le plaisir inhérent à la perte de sa propre importance tenait en partie à cette question simple : « Ça intéresse qui ? » Plus crucial encore, il ne voulait pas devenir peintre, il désirait seulement peindre, et c'étaient là deux impulsions complètement différentes. Il avait connu maints écrivains et peintres qui n'aimaient apparemment ni écrire ni peindre, mais qui voulaient simplement être écrivains ou peintres. Ils étaient ce que Buckminster Fuller aurait qualifié d'« agencements à basse énergie ». Clive n'avait plus envie d'être quoi que ce soit qui eût requis un titre. Comme il savait peindre, pourquoi s'en priver ? Chacun devait bien faire quelque chose de sa vie.

Quand il retrouva sa chambre en forme de baleine, il envoya un mail à Laurette pour lui demander si elle accepterait de poser pour lui, puis il réalisa rapidement une petite peinture représentant un fouillis particulièrement dense de branches de saule vert pâle, une toile nettement abstraite, car il aurait fallu être un vrai fan des saules pour avoir la moindre idée de ce qu'on y voyait. Avant d'aller se coucher, il peignit le même fouillis de branches de saule, vu à travers un panneau de verre biseauté, avec la lune par-derrière, et il aboutit à une toile encore plus abstraite. En sombrant dans le sommeil, il fut aussi ravi par l'odeur de la peinture à l'huile qu'un chien humant un jarret de bœuf bien frais.

XIII

Le matin, après avoir accompagné sa mère sur un site d'observation des oiseaux, il consulta ses mails. Laurette lui donnait son accord pour poser, mais elle ajoutait que tout le tableau devait être peint en sa présence pour que Clive ne puisse pas « le balancer sur Skype », le mettre sur Internet, auquel cas elle risquait de perdre son emploi. Cette réponse l'étonna bien sûr, car Laurette semblait lui « imputer », comme on dit aujourd'hui, des motivations déshonorantes. Il s'occupa à concocter un mensonge destiné à sa mère : comme ce serait agréable de se promener à travers la campagne dans une vieille Plymouth semblable à celle achetée par papa à la fin des années cinquante ! Il était peu probable de trouver en 2010 une Plymouth de 1947, mais le compromis ne faisait-il pas partie intégrante de l'art ? Cette idée parut séduire sa mère, qui déclara que trouver une vieille voiture ne posait pas de problème dans une région rurale où elle connaissait de nombreux paysans qui détestaient se débarrasser de quoi que ce fût, d'où l'expression « jardins de voitures » pour désigner des cours de grange bourrées de matériel agricole et de voitures inutilisables.

Le stratagème était en bonne voie et vendredi Laurette arriva plus tôt que prévu. Au cours des trois jours précédents, il peignit sept petits paysages vus à travers le verre biseauté, aucun d'eux tout à fait satisfaisant, ce qui ne le dérangea guère. Cédant à une impulsion subite, il peignit aussi l'engoulevent filant devant la lune, un tableautin qu'il offrit à sa mère. Parce qu'un oiseau y figurait, elle en fut ravie. Elle dit que, pendant les migrations automnales, elle restait assise dehors quand la soirée était douce, pour écouter les oiseaux voler vers le sud, et surtout quand la lune brillait dans le ciel, elle passait des heures à les écouter.

Clive trouva assez désagréable la balade dans la Chrysler de 1958 de Frank McWhirter. D'abord, ils étaient partis de bonne heure, juste après la séance d'observation de sa mère. Il faisait très froid et elle insista pour que les vitres avant restent baissées de manière à pouvoir entendre les oiseaux. Elle était parfaitement couverte, mais pas lui. On ne pouvait pas régler au maximum le ventilateur du chauffage de la voiture, car ce ronflement empêchait sa mère d'entendre les gazouillis, si bien qu'il avait chaud en dessous de la taille et grelottait de froid au-dessus. Il ne lui échappa guère que cette promenade matinale en voiture faisait partie d'une petite arnaque destinée à peindre Laurette à moitié nue, et qu'il s'agissait là d'une sorte de rétribution karmique comme aurait dit son ancienne épouse.

Ils roulaient doucement sur des routes en gravillon, sa mère aussi heureuse qu'il était morose. La veille au soir, il avait commis cette erreur parmi d'autres de manger trop de frichti Sloppy Joe, lequel consistait en hamburger, soupe de tomate non diluée, cheddar et une pointe de sauce Worcestershire. Quand sa mère s'était rendue aux toilettes juste avant le dîner, il en avait profité pour ajouter une bonne giclée de sauce Worcestershire, mais elle s'aperçut de la supercherie en reniflant l'air.

« Quel toupet, fils ! Tu sais que je ne supporte pas les plats épicés.

— Excuse-moi. À New York je mange très épicé, et ça me manque.

— Je n'accepte pas tes excuses. Il va désormais falloir nous préparer des plats séparés. »

Quelle bonne nouvelle ! Elle prit des airs de martyre pour manger une généreuse portion de frichti. Il aggrava son cas en ajoutant du tabasco qu'il avait sorti de ses valises, mais après s'être couché à dix heures il se réveilla en sueur à minuit, en proie à une indigestion carabinée. Il descendit sur la pointe des pieds pour pisser et trouva du Pepto-Bismol dans son kit de voyage. Prévoyant une insomnie, il prit le lourd livre d'art sur Caravage avant de remonter.

Depuis une dizaine d'années, il n'avait pas regardé sérieusement Caravage, sinon d'un œil distrait dans tel ou tel musée européen. Maintenant, assis en tailleur sur son lit sous la faible lumière du plafonnier installé entre deux énormes côtes de baleine, il fut aussitôt saisi d'incrédulité. Il observa plusieurs minutes le garçon étreignant la chèvre, puis un détail horrible de la Méduse à la coiffe de serpents gris et noirs. Il avait le souffle court, la chair de poule lui couvrait les bras, les épaules, le dos, puis les larmes lui envahirent les yeux. Que lui arrivait-il donc, pour l'amour du ciel ? C'était en peintre et non en professeur qu'il regardait maintenant Caravage. Il n'avait pas pleuré depuis un certain après-midi d'été à New York, tant d'années plus tôt, en recevant la lettre recommandée lui notifiant son divorce. Il était resté sourd à la *Symphonie Jupiter* de Mozart, diffusée à la radio, mais son émotion soudaine, brutale et déchirante, permit à la musique de pénétrer au plus profond de lui-même, et il se décomposa littéralement, les couches successives de son esprit tombant l'une après l'autre.

Il mit une heure à se calmer, puis il souleva le gros livre au-dessus de son corps trempé de sueur. Le volume fit un bruit d'épluchure et Clive se demanda ce qu'un jeune et brillant écrivain aux prises avec sa première œuvre ressentirait en découvrant *Hamlet* ou *Les Possédés* de Dostoïevski. Une explosion qui le propulserait à travers la fenêtre de sa petite chambre de bonne. Il médita sur le devenir de la peinture de Caravage si leur auteur s'était entièrement affranchi de ses sujets catholiques et avait eu le droit de peindre la vie elle-même, ce qu'il réussissait malgré tout à faire sans le filet protecteur des contraintes théologiques. Il se dit alors que, dans son propre cas, seule la pureté d'intention pourrait sauver son âme pitoyable. S'il devait continuer de peindre, il lui faudrait renoncer à jouer à l'intellectuel encanaillé trimballant son lourd fardeau de sarcasmes. Le troisième acte de sa vie était commencé depuis longtemps, toute tergiversation supplémentaire serait haïssable.

XIV

Peindre la chatte de Laurette fut une expérience à la fois comique et pénible, même si Clive mit un certain temps à l'admettre. La première conclusion farcesque fut qu'on ne devrait pas tenter de peindre en bandant. La peinture était certes une affaire non mentale, mais pas *entièrement* physique pour autant. À quoi aurait-il bien pu penser ? À rien. Certes, il n'était pas le premier artiste à vouloir faire l'amour avec son modèle, mais il était sans doute l'un des rares à essayer de séduire un modèle qui avait été son premier amour, et le plus bouleversant de tous. Que cet amour n'ait presque jamais été partagé rendait la chose encore plus douloureuse et complètement irrationnelle. Il feuilleta mentalement des dizaines de romans qu'il avait lus et qui racontaient l'histoire presque toujours lamentable d'un premier amour, la palme du désespoir et du tire-larmes revenant à *Victoria*, le livre de Knut Hamsun.

En passant au volant de sa Jeep jaune, Laurette klaxonna et par un après-midi nuageux Clive se rendit chez elle avec son carnet de croquis, son chevalet et ses tubes de peinture dans la vieille Chrysler bleue. Il avait prévenu Laurette qu'il n'en aurait pas fini avant samedi soir, mais elle tenait mordicus à ce que le tableau ne sorte jamais de chez elle. Il envisageait de créer un effet à la Duchamp où, sur la même toile de soixante-dix centimètres sur cent, il la peindrait à la fois vue de devant et de derrière.

À son arrivée, elle était excitée comme une gamine, elle tirait sur un joint et buvait un grand verre de mauvais chardonnay californien. Clive devrait attendre d'avoir terminé l'esquisse pour s'autoriser à prendre un verre. L'habillement de Laurette était parfait : jupe verte, sandales, corsage blanc sans manches décoré d'une broche circulaire. Elle se mit en rogne quand il lui demanda de se démaquiller et de se mouiller les cheveux, sous prétexte qu'elle avait pris un bain de minuit quarante-deux ans plus tôt. Idéalement il aurait préféré travailler de nuit, mais le plafonnier de la Chrysler était fichu et il n'avait guère de chance de pouvoir le remplacer.

Quand Laurette disparut pour s'occuper de son maquillage et de ses cheveux, Lydia l'observa froidement du canapé, les jambes écartées comme à son habitude.

« Tu devrais pas essayer de la sauter. Elle a eu une hystérectomie cet hiver. Je veux dire, même si elle en a envie, ce ne serait pas une bonne idée.

— Ah bon ? » s'étonna Clive. Il ne savait pas très bien en quoi consistait une hystérectomie. Il se sentit soudain fragile, l'absurdité de la situation le fit frissonner. Il eut une brusque impression de décalage horaire, comme si toutes ses émotions étaient déstabilisées. Où était donc la poésie de cette expérience ? Au cours de ses dizaines de voyages en Europe, après l'atterrissage à l'aube et la longue attente des passagers parqués comme des bestiaux devant le guichet de la douane, il marchait beaucoup pour remettre à l'heure son horloge interne. S'il était à Modène, il s'installait tout simplement dans un café de la vieille ville, puis il achetait des fruits au grand marché et les rapportait dans sa chambre. À Londres, il se promenait le long de la Tamise dans Cheyne Walk, et à Paris dans le jardin du Luxembourg où il admirait pour la centième fois les arbres fruitiers taillés en topiaire. À cet instant précis, il était tout émoustillé à l'idée de ranimer la flamme de son amour précoce pour Laurette, mais cette fois avec une heureuse issue. Il alla jusqu'à se dire qu'il pourrait donner un cours à l'université, intitulé « Le romantisme retardé ».

Il gara la Chrysler près de la porte défectueuse de la grange et la séance de pose se déroula très bien. Les nuages denses tamisaient la lumière et il lui fallut démarrer le moteur de la voiture et mettre le chauffage pour éviter que Laurette, à demi nue, n'attrape froid. Il se dit une fois encore que certaines femmes réussissaient à conserver un corps splendide, tandis que les hommes devenaient des bibendums avachis. Lorsqu'elle retira sa jupe puis sa petite

culotte, il eut le souffle coupé puis se mit à respirer
très vite. Il sortit de la voiture et marcha quelques
minutes pour se calmer. Quoi de plus stupide,
pensa-t-il, qu'un type de soixante ans qui bande
dans une cour de grange ? Il aurait préféré que Laurette restât silencieuse, mais il la laissa babiller à sa
guise, au point d'en avoir la migraine.

« Quand Keith et moi avons décidé de jeter
l'éponge, je suis allée à Grand Valley et j'ai décroché
un diplôme de commerce. Tu pourrais sans doute
dire que je fricotais un peu trop avec les étudiants,
les profs et *tutti quanti*, et puis un beau jour je me
suis dit : "Lève le pied, ma fille." Pourquoi une tren-
tenaire comme moi baise-t-elle des hommes plus
jeunes ? Et puis j'ai eu une histoire avec un entraîneur de football d'un lycée qui n'arrêtait pas de me
dire qu'il allait quitter sa femme dès qu'elle serait
en meilleure santé. Mais il ne l'a jamais fait. C'est
l'histoire classique… Et puis un jour, je tombe sur
une photo d'elle dans le *Grand Rapids Press* : elle
venait de remporter le marathon local. C'est ça, être
malade ? J'ai été tellement humiliée que je suis restée
à l'écart de tous les hommes. Enfin, je me suis pas
arrêtée d'un coup. J'ai même eu une petite aventure
avec un pianiste noir et puis j'ai lu quelque part
que beaucoup de musiciens se chopent le sida, ce
qui m'a bien sûr flanqué une trouille bleue. J'ai fini
par faire une croix sur le sexe. Pendant quelques
années, j'ai bossé dur et j'ai gravi les échelons dans
l'entreprise. J'étais une coriace. Comme j'avais

besoin d'affection, j'ai eu des histoires avec d'autres femmes carriéristes. Ça te choque ?

— Non. Beaucoup de gens essaient toutes les combinaisons possibles. » Il se bagarrait pour dessiner les genoux de Laurette et ses doigts de pied recroquevillés dans les sandales. Il constata avec soulagement que maintenant il bandait mou, ce qu'elle aussi sembla remarquer.

« J'imagine. En fin de compte, toute cette fringale sexuelle m'a épuisée mentalement. Quand on entre dans l'entreprise où je bosse, on voyage tout le temps et on fait sans arrêt des heures sup. Je veux dire, Lydia est surtout une amie et une compagne. Elle est bisexuelle, mais elle s'est affranchie de tout pour se concentrer exclusivement sur sa poésie. Tu as toujours envie de moi ? L'autre jour, dans le garage, tu m'as convaincue. Je veux dire, j'ai quelques problèmes, mais on pourrait s'amuser un peu.

— Bien sûr que j'ai envie de toi. Je ne pourrais pas te dire pourquoi. J'ai l'impression d'être un gamin de cinquième et qu'on va s'entraîner à s'embrasser. » Les mains tremblantes, il mit de côté son carnet de croquis. À genoux, elle s'approcha de lui sur la grande banquette et ils s'embrassèrent. Elle sortit son pénis et le frotta énergiquement contre elle. Il jouit en moins d'une minute, en sentant son cœur et son esprit se liquéfier.

« T'es resté trop longtemps chaste ! » dit-elle en riant.

Il regarda droit devant lui pendant qu'elle se tamponnait avec un kleenex, puis elle saisit le carnet de croquis et siffla. « T'es vraiment bon », déclarat-elle en l'embrassant sur la joue.

XV

Lors du dîner réparateur avec sa mère – tourte à la viande, pommes vapeur et tomates à l'étuvée –, il annonça qu'il peignait « une sorte de portrait » de Laurette.

« J'ai vraiment hâte de le voir, dit-elle.

— Je ne te le montrerai pas. C'est un portrait très privé. Elle est à demi nue.

— Je parie un dollar que l'idée ne vient pas d'elle. N'est-il pas temps pour toi de penser à autre chose qu'au sexe ? Mais je suis heureuse que tu te remettes à peindre. À l'époque lointaine où tu étais artiste, tu étais plus heureux. L'été, tu venais ici avec Tessa et Sabrina, nous organisions des pique-niques, nous partions en voiture pour Mackinac Island, nous descendions dans un hôtel de luxe. Tu te souviens ? Dès que tu es devenu monsieur le professeur Gros Bonnet, tu as fait une tête d'enterrement. »

Il ne put répondre. Il était perdu dans la remémoration de sa première rencontre avec Laurette. Elle avait dix ans, elle venait de s'installer près de chez lui. Ils roulaient à vélo l'un vers l'autre sur la route en gravillon. Clive, qui avait vu le camion de déménagement, était curieux. Laurette avait tourné son guidon en souriant pour filer droit sur lui et il était tombé dans le fossé en s'écorchant le bras. Elle ne s'était même pas arrêtée. Il cacha sa plaie à sa mère, car il ne voulait surtout pas qu'elle lui mette du mercurochrome qui piquait, mais son père s'en aperçut alors qu'ils pêchaient ensemble. Après les explications de Clive, son père dit seulement : « Les filles sont parfois un problème. »

Maintenant, il baissait les yeux vers son assiette avec un sourire lugubre, mais un sourire malgré tout, et il songea que son amour pour Laurette avait commencé au tout début de l'adolescence, alors que lui-même se transformait en fournaise biologique. Ce mystère imprégnait toutes les formes du comportement humain. Un couple de lesbiennes qui étaient des amies proches s'était constitué à quatorze ans lors d'un camp, et un demi-siècle plus tard ce couple existait toujours. Ce qu'on appelait « l'amour d'adolescent » était de l'amour malgré tout, et quand l'autre ne le partageait pas, c'était affreusement douloureux.

Le lendemain matin, pressé de se mettre au travail, il attendit neuf heures par politesse avant de se rendre chez Laurette. Les deux femmes étaient encore couchées, mais Lydia le fit entrer d'un air bougon, puis il installa son chevalet près d'une grande fenêtre donnant au sud pour avoir la lumière nécessaire. Il se mit à peindre et laissa le monde de sa vie disparaître quelque part. Lydia avait porté une nuisette affriolante en le laissant entrer, et il apprécia qu'elle ait enfilé une robe de chambre pour lui apporter un muffin. Des années plus tôt, il avait beaucoup aimé que Sabrina fasse du tricycle toute nue dans son atelier de SoHo, mais ce n'était pas pareil avec Lydia.

Il fit de son mieux pour terminer vers cinq heures de l'après-midi. Il mangea seulement un demi-sandwich, et quand Lydia lui proposa un verre, il se méfia car il était à jeun, mais elle lui donna aussi un excellent fromage, des olives et du pain avant de qualifier le tableau de « vraiment sexy ». Laurette l'examina sous divers angles, toute rougissante et perplexe, comme si elle y cherchait un sens caché. Puis, au bord des larmes, elle dit que ce tableau était « beau ». Il répondit qu'il y mettrait la dernière touche le lendemain matin. Il trouvait sa peinture insupportablement intime. À cet instant, sa mère en colère téléphona pour annoncer que Margaret venait d'appeler de Florence en demandant pourquoi ils n'avaient pas répondu aux mails qu'elle envoyait tous les matins depuis plus de deux semaines à partir de son ordinateur portable.

Il rentra aussitôt à la maison et montra à sa mère vingt pages du compte-rendu loufoque du voyage de Margaret, lequel se déroulait très bien pour l'essentiel. Elle venait de décider de passer désormais un mois par an en Europe, et de partager son temps entre la France, l'Italie et Barcelone. Mère releva avec plaisir plusieurs allusions à l'indigestion. « C'est un désagrément qui ne se produit jamais sous mon toit », répétait-elle volontiers. Bien que furieuse de n'avoir pas reçu les mails de Margaret à cause de la *négligence* de Clive, elle jura que toute cette époque dominée par l'informatique était satanique. « Franchement, demanda-t-elle d'une voix plaintive, quel mal y a-t-il donc à écrire des lettres ? »

Au dîner, Clive se servit sa part de sauce spaghetti, avant d'y ajouter de l'ail, des oignons et des piments forts. Sa mère lui répéta une fois encore qu'il causait « un tort irréparable à son estomac et à ses papilles gustatives », mais elle entendit alors un loriot par la fenêtre ouverte, et aussitôt ce chant modifia du tout au tout son point de vue sur la vie. Elle tendit l'oreille vers la fenêtre ouverte de la cuisine, ses traits se détendirent, prirent une expression méditative. Il était sincèrement envieux. Avant de franchir le cap des quatre-vingts ans, sa mère accompagnée de deux autres amoureuses des oiseaux faisait plusieurs voyages chaque été pour camper dans des lieux isolés. Ces vieilles dames campant à l'écart de tout inquiétaient bien sûr Margaret et son frère, mais quand il l'interrogeait au téléphone, elle lui répondait : « Ne sois pas stupide, fils. Quand ils se réveillent à l'aube, il faut bien qu'on soit là. » Tout en mangeant ses spaghettis quelconques, il se dit que dans son propre cas la seule activité comparable était la peinture.

Le lendemain matin, il attendit dix heures pour se rendre chez Laurette et terminer son tableau. Pourtant, c'était encore trop tôt. Les deux femmes souffraient d'une impressionnante gueule de bois, et Lydia lui confia qu'elles avaient picolé et qu'elles l'avaient « fait » devant le tableau. Laurette rougit et intima : « Chu-u-u-ut. » Elles étaient agréables mais un peu éteintes, et Laurette préparait sa valise car c'était dimanche. Une heure lui suffit pour les dernières retouches, et il se dit que, s'il s'obstinait à vouloir faire le portrait de Kara, son ancienne petite amie de Fort Wayne, mieux vaudrait aller faire un tour là-bas et la peindre en chair et en os. Un détective privé qui exerçait ses talents dans le monde de l'art lui dit un jour : « On peut retrouver n'importe qui, à condition de savoir s'y prendre. »

En rentrant à la maison, il s'engagea dans l'allée de ferme qui, tant d'années plus tôt, avait constitué le décor de la scène inspirant son tableau. Il pensait à son appartement en ville, et à une femme, riche collectionneuse d'Atlanta et fanatique des musées, qui lui avait proposé un prix extravagant pour sous-louer son appartement, si jamais il partait en voyage pour un temps assez long. Plusieurs fois, il lui avait préparé à déjeuner ou à dîner, après qu'elle eut acheté les ingrédients chez Dean & DeLuca ou Balducci's. Sous-louer six mois par an et trouver un endroit où peindre confortablement et vivre simplement, voilà une perspective alléchante ! Bientôt, quand il se sentirait assez courageux, il appellerait son comptable pour évaluer ses futurs revenus du fonds de pension des enseignants, s'il prenait sa retraite anticipée. Renoncer à son appartement, son vrai foyer, lui briserait le cœur, et il refusait d'imaginer la vie sans lui. Si jamais la situation devenait désespérée, il pourrait toujours demander de l'argent à Sabrina, mais sa fierté s'y opposait.

XVI

Clive se détendit beaucoup en peignant autre chose que lui-même. Chaque matin au petit déjeuner, sa mère consultait le calendrier de la cuisine et annonçait le nombre de jours restants avant le retour de Margaret. On en était à neuf. Il n'éprouvait aucun intérêt particulier pour le soi-disant « monde naturel », mais il regarda les saules sur le Web et remarqua que les Aïnous, le peuple le plus ancien du Japon, accordaient aux saules une signification religieuse et magique. Ce fait ne disait strictement rien à Clive, qui ne se sentait aucune fibre religieuse ni aucun penchant pour la superstition. Les écrivains de sa connaissance défendaient parfois des idées très farfelues sur ce sujet, mais rarement les peintres, qui avaient plutôt tendance à être terre à terre. Il comprenait malgré tout la fascination des Aïnous pour les saules, et puis selon le Web les pousses de saule entraient dans la composition de thés susceptibles de calmer la douleur. Les daims les dévoraient après un long hiver, en partie pour soulager leur arthrose.

Il se rendit un certain nombre de fois sur un terrain boisé d'une dizaine d'arpents, à quelques kilomètres de la maison, où il avait souvent chassé le lapin avec son père. Il était agréable de rester assis sur une souche dans une clairière avec son carnet de croquis, et de trouver un objet capable de retenir son attention, souvent l'osier, appelé cornouiller par la plupart des gens, avec le doux parfum de ses fleurs minuscules, et puis le cerisier de Virginie à l'odeur suffocante. Il finit à genoux, absorbé dans une série de croquis de souches de pin blanc en gros plan, ces souches sur lesquelles il s'asseyait d'ordinaire, marquées de traces de brûlures dues à l'incendie qui avait ravagé la région un siècle plus tôt. En réalisant ces peintures de taille modeste, il comprit que seuls les spécialistes des souches y reconnaîtraient ce qu'elles représentaient. Cédant à un rare caprice venant droit du cœur, il fit un petit portrait d'un merlebleu pour sa mère, avant de se trouver gêné quand elle fut submergée de joie.

« Je le chérirai toujours, c'est-à-dire sans doute pas très longtemps », dit-elle avec une grande intensité.

Mère fut dans tous ses états après plusieurs conversations téléphoniques. Sabrina viendrait observer les oiseaux quelques jours, puis, après le retour de Margaret, elle emmènerait son père camper dans la péninsule Nord. Sabrina tenait à explorer cette région où dans les années 1850 Louis Agassiz, l'un de ses naturalistes préférés, avait voyagé en partant de Cambridge, dans le Massachusetts. Comme la plupart des habitants du Michigan, Clive n'avait jamais mis les pieds dans la péninsule, mais il se rappela une brève incursion entre Saint Ignace et Sault-Sainte-Marie avec son père lors de leur partie de pêche au Canada. Cette simple évocation le pétrifia. Il n'avait pas la moindre envie de camper. Il pleuvrait peut-être et ils se réfugieraient alors dans un motel. Pourquoi diable choisir l'inconfort quand personne ne vous y oblige ? Il se calma en se rappelant que Sabrina avait organisé ce petit voyage pour favoriser leur *rapprochement**. L'une des raisons de l'excitation de sa mère, c'était que toutes ses amies partageant sa passion des oiseaux étaient mortes, et elle considérait donc sa petite-fille comme son ultime complice sur cette terre. Malheureusement, la visite imminente de Sabrina la plongeait aussi dans l'inquiétude et elle se mit à parler de Dostoïevski. Elle avait suivi un cours de littérature russe, et Margaret et Clive avaient appris à redouter ses monologues sur Dostoïevski. Mère avait écrit sa dissertation sur *Les Frères Karamazov*, un livre dont certains ne se remettent jamais, tout comme certains peintres ne se remettent jamais de Caravage. Ses commentaires sur la famille Karamazov s'achevaient invariablement par une évocation de son propre mari : « Quand l'amour de ma vie est mort… », après quoi elle s'effondrait. Si elle s'était intéressée à Tourgueniev, les choses auraient été plus faciles pour eux tous. Un jour, après avoir bu un grand verre de vin, elle appela même Clive « Kolia », le prénom de son personnage préféré du livre.

La journée de travail de Clive commença à six heures du matin pour s'achever à l'heure du dîner, six heures du soir. Il apprécia beaucoup l'épuisement physique et mental, sans commune mesure avec l'énervement de ce qu'il croyait être sa vraie vie. Un jour qu'il peignait sur ce terrain boisé, il fut ensorcelé par une voix féminine qui prononça plusieurs fois son nom. Il observait avec une telle concentration un petit carré de feuilles où poussaient de jeunes fougères spiralées qu'il eut du mal à prendre conscience de son environnement et finit par crier d'une voix irritée : « Quoi ? » C'était Lydia qui arrivait dans un bosquet de jeunes érables, vêtue d'un short bleu et en se frappant les cuisses pour chasser les moustiques.

« J'ai vu ta voiture garée là-bas. J'ai eu envie d'aller te dire bonjour. » Elle était un peu interloquée par la lenteur de la réaction de Clive.

« J'étais en train de peindre », dit-il enfin, comprenant que la jeune femme détonnait tellement dans ce contexte naturel qu'il ne savait pas comment réagir.

« Tu peux passer quand tu veux. » Une fois n'est pas coutume, elle était vaguement embarrassée. « Laurette a dit que je devrais t'offrir un peu d'affection quand tu en aurais besoin. » Elle pivota sur ses talons et rejoignit la route d'un pas vif.

« Merci ! » lança-t-il.

En proie à une grande nervosité, il s'assit sur une souche. Où se trouvait-il donc ? Clive était littéralement enfoui dans son travail, à mille lieues de toute pensée d'ordre sexuel. En termes un peu pompeux, il avait jadis renoncé à sa vocation et voilà qu'il la retrouvait. Il vieillirait bientôt, une idée loufoque. Comme il n'avait aucune importance, alors pourquoi ne pas peindre ? Il s'efforça de faire le point. Il y avait sa mère, Margaret et Sabrina, dont les retrouvailles imminentes étaient pour lui d'une importance capitale, au même titre que sa peinture. Il pensa un instant à Tessa. Pourquoi se culpabiliser autant après toutes ces années d'ambition dévorante, passées à faire pousser un arbre si haut qu'il ne pouvait que choir ? C'était clairement de sa faute, la fatalité de l'ambition et du mariage. Devait-il essayer de la voir ? Sans doute que non. Il devait se contenter de peindre, et puis les portes du monde sont étonnamment ouvertes tant qu'on ne les ferme pas à clef.

En fin d'après-midi, il emmena sa mère en voiture à une taverne de Chippewa Lake, où elle devait retrouver un vieil ami pour y manger des hamburgers en guise de dîner. « J'en consomme un par an », annonça-t-elle. Quand ils furent arrivés, il constata avec soulagement qu'elle ne dit pas que c'était la taverne préférée de son père.

L'ami en question était un très vieil homme voûté à la poignée de main vigoureuse, prénommé Orville.

« J'avais le béguin pour ta mère. Heureusement qu'elle ne m'a pas choisi, sinon tu ne serais pas là. » Orville éclata de rire.

« Bien sûr », acquiesça Clive, amusé par la fragilité de l'existence.

Tandis qu'ils évoquaient le bon vieux temps, l'esprit de Clive dériva vers le lac qu'on voyait derrière la vitrine de la taverne. La saison de la pêche n'était pas encore ouverte, du moins le croyait-il en imaginant une assiette de crapets arlequins et de perches frites au beurre. Son père et lui les attrapaient en appâtant avec des sauterelles vivantes. Il n'y avait aucune raison de ne pas revenir en août pour pêcher quelques poissons, et peut-être en peindre un.

XVII

Margaret arriva deux jours plus tôt que prévu, car un parent de l'amie avec qui elle voyageait était tombé gravement malade. Depuis Grand Rapids elle fit le trajet en voiture avec Sabrina, qui la veille au soir avait pris l'avion à San Francisco puis loué un affreux véhicule baptisé Hummer. Quand elles entrèrent dans l'allée avant midi, Clive émergeait à peine du fourré où il venait de brûler les vestiges d'un vieux poulailler dans la partie ouest et tenté en vain de faire une série de croquis du feu. Margaret déclara en plaisantant que, lorsque Clive était sorti du fourré, elle avait eu peur, car il ressemblait à leur père. Au cours des deux jours précédant le départ de Sabrina et Clive pour le nord, Margaret glissa souvent dans la conversation de brèves expressions italiennes et françaises, comme font les gens à leur retour d'Europe.

Sabrina stupéfia Clive qui la regarda en se disant qu'elle portait sans doute des bottes à talons hauts. Elle dit mesurer un mètre quatre-vingts et, quand

ils s'embrassèrent, elle lui parut svelte mais athlé-
tique. Durant les trois années où il ne l'avait pas
vue, le monde avait-il rapetissé à son insu ? C'était
bien possible.

Ce furent deux jours de folie familiale où sa mère
insista pour qu'ils jouent aux cartes, à la canasta ou
à la dame de pique, car ils étaient quatre. Clive se
félicita de ne pas devoir faire ses bagages, car au
retour ils repasseraient par la ferme. Il tenta de pro-
fiter de cette interruption de deux jours pour ne
pas peindre, mais sans succès. La simple présence
de Sabrina le ramena violemment vers le passé et
c'est avec une légère frayeur qu'il prit toute la
mesure de ce qui venait de lui arriver ces dernières
semaines à la ferme. Était-il prêt à renoncer à tout ?
Mais il se dit aussitôt qu'il ne renoncerait à rien de
vraiment précieux. Il avait contacté la riche femme
d'Atlanta. Elle était tout excitée à l'idée de sous-
louer l'appartement de Clive la moitié de l'année et
la somme généreuse qu'elle proposa permettait de
payer intégralement le loyer annuel. Il appela son
comptable à New York, lequel détermina que sa
retraite annuelle s'élèverait à quarante-six mille dollars. Ce n'était pas faramineux, mais c'était beaucoup mieux que rien. Des associés à Portland dans
l'Oregon et Athens dans l'Ohio lui avaient proposé
d'enseigner durant de brèves périodes et pour des
émoluments conséquents, et puis on lui offrait un
poste à plein temps à Stanford, mais il ne supportait
pas la perspective de quoi que ce fût à temps plein.

Il serait un peintre errant la moitié de l'année. À l'université, lors d'un cours sur l'Europe médiévale, il avait aimé l'idée de devenir un troubadour.

Le dernier soir, ils jouèrent aux cartes et burent du vin jusqu'à très tard, et il leur raconta des anecdotes comiques sur sa vie de conférencier et ses voyages en Europe. Un jour, dans un hôtel parisien, il avait appelé la réception dans son français maladroit et demandé un oreiller synthétique car les oreillers en duvet le faisaient éternuer. On lui apporta une omelette. Une autre fois, à Saint-Louis, au cours de la séance de questions-réponses qui avait suivi sa sempiternelle conférence sur l'art et l'économie, un crétin têtu mais bien habillé, qui sentait à plein nez le diplômé en gestion des affaires, tenta de coincer Clive en le mettant au défi de donner une estimation chiffrée de la *Joconde*. Clive refusa en expliquant que ce tableau (qu'il n'aimait pas) était soit sans aucune valeur soit hors de prix. C'était tout simplement futile, car il ne serait jamais vendu, et tout prix suppose une transaction possible. Le jeune homme qui, de toute évidence, avait un verre dans le nez, hurla plusieurs fois : « Vous vous défilez ! » avant qu'on lui demande de quitter la salle. À la porte, il s'était retourné pour beugler : « Je t'emmerde ! » et toute la salle avait éclaté de rire.

« Je déteste ce mot », dit Mère en tendant l'oreille vers la porte du patio pour écouter un engoulevent, mais Sabrina et Margaret rirent à gorge déployée.

Mère avait monopolisé Sabrina en l'entraînant dans toutes sortes d'observations des oiseaux et, le soir, elle veillait plus tard que d'habitude, si bien que Clive n'eut presque pas l'occasion de parler à Sabrina en tête à tête. Le matin de leur départ vers le nord, de bonne heure, il était avec elle dans l'allée et ils allaient évoquer les trois années où ils ne s'étaient pas vus quand le sifflet à chien résonna dans le fourré. Sabrina sourit, puis partit retrouver sa grand-mère à une vitesse que Clive jugea inquiétante.

Dans le stupide Hummer que Sabrina conduisait vers le nord, Clive déclara pour blaguer que les sandwiches au thon préparés par sa mère dégageaient une odeur « envoûtante ».

« Je ne me souviens pas de t'avoir vu aussi heureux, dit Sabrina.

— Ah bon ? » Cette remarque étonna Clive. Il se croyait tourmenté, alors qu'en vérité presque toutes ses pensées concernaient sa peinture en cours plutôt que ses problèmes personnels.

« Mamy a dit que tu n'as fait que peindre, mais quand j'étais petite la peinture ne semblait jamais te rendre heureux. Tu t'inquiétais toujours pour ta galerie. »

Incapable d'évoquer les horreurs des galeries, il changea de sujet pour parler de Tessa, et très vite Sabrina se retrouva au bord des larmes à cause des cachets que sa mère prenait pour *ses humeurs*. Lui-même avait expérimenté le Prozac, auquel il avait renoncé quand ses longues promenades en ville semblèrent lui faire le même effet. Sabrina parla aussi de la responsabilité qui vous incombait quand on vivait de ses rentes, et il se dit que c'était la raison la plus étrange qui la poussait à faire un doctorat en sciences de la terre. Sans doute par réaction envers sa mère, elle avait tout simplement envie de se rendre utile.

Leur conversation animée s'interrompit au détroit de Mackinac, où le pont d'une hauteur vertigineuse provoqua chez Clive une attaque d'acrophobie. Sabrina éclata de rire en découvrant son père recroquevillé sur son siège comme un petit garçon. De l'autre côté du pont, ils s'arrêtèrent sur une aire de repos et partagèrent les sandwiches au thon avec une nuée de mouettes. Au déjeuner, un vent violent se leva du nord-ouest, puis Sabrina dit qu'elle avait regardé la météo et que, les deux prochains jours, le mauvais temps semblait très peu indiqué pour camper, mais que la situation s'améliorerait le troisième et dernier jour de leur escapade. Elle se gara pour tapoter sur son BlackBerry et réserver deux chambres dans un hôtel de Marquette. Un sourire s'épanouit sur les lèvres de Clive, désormais dispensé de passer deux nuits dans le mince sac de couchage de sa mère et sous sa tente minuscule.

Ils s'arrêtèrent quelques minutes à Munising et regardèrent en riant la neige mêlée de pluie qui arrivait du lac Supérieur. De la neige fin mai semblait déraisonnable, mais elle était pourtant là. Sabrina venait de lui faire un exposé saisissant sur la structure du cosmos, dont l'essentiel avait échappé à cet homme qui chaque mardi jetait un regard méfiant au supplément scientifique du *New York Times*.

« Le miracle, c'est que le monde existe, déclarat-il doctement.

— Mon Dieu, qui a dit ça ?

— Wittgenstein. Je ne crois pas que ma citation soit exacte.

— C'est merveilleux. Était-il religieux ?

— Pas le moins du monde, répondit Clive. Il a aussi écrit : "Je suis mon univers."

— Pas terrible... » commenta-t-elle en fronçant les sourcils.

Après trois années d'absence, il était presque étrange de la voir de si près. Comment avait-il pu rester à ce point absorbé en lui-même, enterré dans ce qu'il considérait maintenant comme son déclin ? Malgré tout, il ne pouvait pas dire qu'il remontait la pente, ç'aurait été présomptueux, mais il avait indéniablement pris une nouvelle direction. Dire que tout avait commencé par des taches de peinture jaune sur son précieux costume anglais taillé sur mesure ! C'était aussi loufoque que la vie elle-même. Lors de ses derniers séjours à la ferme de sa mère avant le divorce, Sabrina et lui avaient fait de longues promenades matinales dans la propriété. Elle avait peut-être six ans à l'époque et elle désirait entendre des anecdotes sur l'enfance de son propre père. Elle attrapait des serpents, des crapauds, des grenouilles, et les examinait tandis qu'il parlait. La curiosité de la fillette pour le monde naturel était insatiable.

Quand ils atteignirent Marquette en fin d'après-midi, le rugissement de la tempête sur le lac Supérieur résonnait dans toute la ville. L'hôtel, le Landmark Inn, était très sophistiqué, même selon les critères new-yorkais. Il s'était plutôt attendu à des pêcheurs et des bûcherons en folie. Sabrina avait réservé la suite Teddy Roosevelt et une chambre supplémentaire au cas où l'un d'eux aurait eu besoin de solitude. Il se souvint une fois encore que sa fille était riche, mais pour se dire aussitôt qu'elle ne se comportait pas en femme riche. Tous ses vêtements semblaient adaptés à la vie au grand air et à ses passions ; quant à sa conversation, lorsqu'elle ne portait pas sur sa mère, elle s'attachait aux sciences.

Un verre de vodka du room service à la main, il examinait des photos de Teddy Roosevelt. Il se rappela avoir lu une biographie de Roosevelt, où l'auteur insistait sur l'incroyable résistance physique du futur président alors étudiant à l'université, et puis Roosevelt avait emmené ses chiens airedales lors d'un safari africain.

« Mamy a dit que tu as peint tous les jours, du matin au soir, et que tu semblais très heureux de le faire. Avant, ça ne t'intéressait pas vraiment, dit Sabrina d'une voix timide et derrière lui. Mamy a ajouté qu'elle n'en est pas revenue.

— J'envisage de prendre ma retraite pour devenir un peintre du dimanche travaillant tous les jours. » Il eut un sourire inexpressif, comme s'il savait que ce projet était un peu cinglé.

Quand, chaudement vêtue pour affronter la tempête, elle sortit se promener sur la plage, il disposa ses aquarelles et son carnet de croquis sur une table proche de la fenêtre donnant au nord-est, d'où il pouvait voir le port dix étages plus bas, au pied d'une colline abrupte, et puis le brise-lames et les eaux démontées du lac Supérieur qui lui rappelèrent un tableau de Winslow Homer. Il regarda longtemps le port, prit son carnet, puis il aperçut sa fille qui marchait tout en bas, et il songea brièvement à la distance que nous conservons avec les autres.

Le surlendemain, lorsque le vent tourna au sud et que le temps changea, il se réveilla sous la tente en pensant qu'il venait de survivre à une nuit dans la nature sauvage. Assise près du feu de camp, Sabrina lisait le livre d'Agassiz. Elle lui dit bonjour et se mit à lui préparer le petit déjeuner. Il se demanda ce qu'il allait devenir. Mais penser à soi était aussi fatigant que d'essayer de comprendre la théorie du chaos dans le supplément scientifique du *Times*. Derrière Sabrina, sur une bûche moussue, il remarqua une nuance de vert qu'il n'avait jamais vue. Et le premier après-midi à Marquette, une lointaine tache de lumière avait éclairé le lac sombre et tumultueux, lueur dorée et déferlantes blanches. Le temps passait tandis que sa fille lisait et faisait des œufs brouillés. Il avait rêvé du succès tel que le monde le définit, mais il était étonnamment facile d'y renoncer au profit de son premier amour.

NAGEUR DE RIVIÈRE

Première partie

Leur modeste ferme située sur une île au milieu d'une large rivière fut bâtie durant la Grande Dépression, à une époque où les règlements du comté et de l'État s'assouplirent pour s'adapter aux besoins des habitants. Les Indiens Chippewas la revendiquèrent en vain, mais sans doute revendiquaient-ils à juste titre tout ce qui se trouvait dans la région. Y vivait une vieille Indienne célibataire appelée Dent, car au lieu d'avoir deux incisives saillantes elle en avait une seule et très grosse. Durant la Dépression, quand la ferme vivotait en accueillant quelques vaches et cochons entourés d'une eau écumante, Dent prit soin du fondateur de la famille. Le sol alluvial était magnifiquement fertile, couvert d'un bon demi-mètre de terreau. Tout y poussait vite et bien ; durant les périodes de sécheresse, il suffisait de détourner un peu d'eau de la rivière pour irriguer les cultures. Le vieux Thaddeus épousa une Anglaise durant la Première Guerre mondiale, mais leurs enfants ne furent pas une grande réussite sur le plan de la vigueur physique. Thaddeus, un ancien bûcheron, croyait aux journées de douze heures et aux semaines de six jours, le dimanche étant consacré à la pêche dans la rivière. Il trouvait ses enfants un peu faiblards : trois fils athlètes vedettes de leur lycée et une fille nommée Marie Love qui elle-même enfanta une petite Marie Love, toutes deux ouvrières hors pair auprès de leur grand-père. La fille comme la petite-fille étaient des bosseuses, les chéries de Thaddeus, de sorte que les trois athlètes furent omis du testament. L'unique propriétaire de la ferme fut donc la première Marie Love, puis la seconde, la mère de Thad. Il ne connut jamais l'arrière-grand-père qui lui avait légué son prénom, un colosse cra-puleux à la voix de stentor et au nom de famille inventé, Sockrider, durant une jeunesse passée à transporter des fournitures à dos de mule vers des camps de bûcherons. Dent s'accrochait à cette île ; y étant née, elle se sentait des droits sur ces terres. Son père avait cru en être le propriétaire légal, car il avait signé ce qu'il pensait être un bail d'exploi-tation forestière et qui était en réalité un contrat de vente, un procédé courant qui permettait aux Blancs de voler leurs terres aux Indiens, même les beaux lacs situés au milieu de milliers d'arpents de forêts et de bonnes terres cultivables. Nous avons parfois été d'incroyables fripouilles. Dent montra même au vieux Thaddeus le cimetière de sa famille dans une partie isolée de l'île, à côté d'un grand chêne solitaire qu'il eut aussitôt l'intention d'abattre pour le vendre. Il regarda les tombes anishinabe sans émettre le moindre commentaire, puis déclara qu'il s'occuperait d'elle quand elle serait vieille. Ce fut le contraire qui arriva, Dent s'occupa de lui ainsi que de la famille, tandis qu'il passait ses dernières années cloué au lit. À cause du respect exceptionnel de droits liés à un ancien traité, les Indiens pouvaient chasser le chevreuil hors saison, et la vieille Dent était une bonne chasseresse qui tirait le chevreuil, la grouse, le canard et à l'occasion le sanglier – qu'il fallait éliminer car il détruisait le jardin et les récoltes.

Thad, le gamin, devint aussi hyperactif et insupportable que son père. Ce dernier, ouvrier du pétrole et pompier des puits en feu originaire du Texas, était arrivé dans la région à cause d'un gros incendie qui ravageait le meilleur puits. La jeune Marie Love le trouva audacieux et romantique, au grand dam de son père qui s'intéressait seulement au bois et aux récoltes. Marie et l'homme du Sud, prénommé Thetis, partirent ensemble. Leur fils se révéla aussi incroyablement difficile que sa mère était travailleuse et son père paresseux entre deux voyages dans le monde entier pour éteindre les puits de pétrole en feu. Dent était la seule personne capable de contrôler le petit Thad. Elle créa une aire de jeux entourée d'une solide clôture électrique pour éloigner le gamin de la rivière. Car il aimait tant l'eau qu'il était toujours mouillé, même en hiver. Un jour que son père lui avait donné une fessée, le gamin remplit les luxueuses bottes de cow-boy de ce dernier avec de la merde de cochon, ce qui mit un terme aux fessées. Durant l'été de sa troisième année, le jeune Thad apprit tout seul à nager dans l'étang situé derrière la ferme. Dent fabriqua un harnais de cuir muni d'une laisse pour attacher le gosse à un piquet pendant qu'il nageait et plongeait dans l'étang. Quand elle jugeait qu'il retenait trop long-temps son souffle sous l'eau, elle le hissait tout hur-lant à la surface. Ce qui lui plaisait plus que tout, c'était quand son père pêchait dans la rivière à bord d'une barque équipée d'un petit moteur et laissait Thad nager au bout d'une longue corde qui empê-chait le courant de l'emporter. Comme il arrive sou-vent, son torse devint très musclé alors que le restant de son corps de nageur restait mince. Par chance, l'école n'avait pas d'équipe de natation, sinon il serait devenu un athlète vedette pitoyable, mais il attira l'attention de l'université quand, dans le lac Michigan, il nagea jusqu'au rivage à partir des îles Manitou et de l'île Beaver. À vrai dire il était insa-tiable, et ce fut la cause de son malheur.

À une dizaine de kilomètres vers l'aval et la ville, les berges de la rivière se couvrirent de luxueux domaines aménagés par les hommes riches des envi-rons. L'un d'eux, un concessionnaire automobile, avait engagé Thad pour créer un vignoble sur ses terres. Les riches habitants du Midwest ont souvent la passion de produire un vin parfaitement médiocre, sinon imbuvable. C'est un peu comme le rêve absurde de devenir propriétaire de son golf privé. Mais notre petit nabab local remarqua vite que Laurie, sa fille bien-aimée, n'était pas insensible au charme du jeune vigneron, et il vira Thad. Ce concessionnaire auto était surnommé Friendly Frank, car cédant parfois à une impulsion subite, il vendait une voiture ou un pick-up au prix de gros. Mais il surveillait sa fille comme le lait sur le feu. Secrètement gay, Friendly Frank savait que le jeune homme était beau, qu'il ne pensait qu'à forniquer et que Laurie s'habillait sans égard pour la pudeur. C'étaient soit des jupes d'été extrêmement courtes, soit un mini-bikini pour s'allonger sur le grand ponton devant la cabane à barbecue, cet énorme tonneau de vin dressé à la verticale et équipé d'une porte donnant sur une pièce ronde qui contenait son fumoir et un lit de camp avec un sac de couchage où il passait la nuit à picoler lorsqu'il fumait des viandes et qu'il en avait parfois pour douze heures.

À présent, Frank jetait un coup d'œil par une buse d'aération et il aperçut Laurie, étudiante de cinquième année en danse classique, en bikini, les doigts de son pied droit massant l'épaule de Thad. Frank beugla : « Laurie, arrête ça ! »

Laurie se retourna sans retirer ses orteils de l'épaule de Thad.

« Papa, arrête de m'espionner. C'est chiant.

— Jeune homme, je t'ai dit de ne pas revenir ici. Tu es entré illégalement sur ma propriété.

— Papa, il nageait dans la rivière. Je lui ai fait signe de venir. On est en phase tous les deux.

— Je t'ai déjà dit mille fois que ce plouc de nageur n'est pas le bienvenu ici, et je te surprends en train de lui montrer ton cul.

— Vous êtes dégoûtant », dit Thad.

Friendly Frank ouvrit violemment la petite porte, saisit une douve de tonneau dans la boîte à petit bois du fumoir et la balança à toute volée contre la pommette de Thad, laquelle explosa, et le sang se mit à couler par sa bouche. Thad tomba à genoux en grognant. « Papa, tu l'as tué ! » hurla Laurie. D'un coup de pied, Frank écarta sa fille de son chemin et traîna Thad par la porte pour rejoindre le quai et le jeter à l'eau. Frank avait joué en défense pour l'équipe de foot de l'université Notre Dame, dans une région où l'on trouvait beaucoup de concessionnaires auto. Laurie lança les bras autour des genoux de son père, qui trébucha. Thad, presque inconscient, saisit une cheville à deux mains. Frank tomba durement à plat ventre sur les planches du quai, mais avec ses pieds il réussit à pousser Thad, qui bascula dans l'eau et s'éloigna en flottant, des éclairs stroboscopiques lui brouillant la vue. Laurie crut qu'il était en danger et sauta dans la rivière tandis que son père hurlait : « Non ! » Laurie ne nageait pas bien, mais Thad était resté assez conscient pour remorquer la jeune fille jusqu'à la berge et la pousser sur un banc de sable. Frank rejoignit l'endroit, la remit sur pied, après quoi elle se battit violemment contre lui. Frank baissa les yeux vers Thad comme s'il ne comprenait plus rien. Il leva un énorme pied prêt à écraser le cou de Thad, mais il expédia d'abord Laurie en sécurité parmi les buissons de la berge. Thad agita la main, cria : « Reste ! », et le pied s'abaissa. Il le saisit, le tordit violemment, Frank tomba dans le courant et commença de s'éloigner, le visage tourné vers le fond. Thad nagea rapidement pour le rattraper, des éclairs continuant de lui brouiller la vue. Il envisagea de noyer Frank, plongea sous son agresseur, agrippa sa ceinture et l'entraîna vers le fond. Franck se débattit et Thad se dit tout à trac que ce crime le rendrait aussi mauvais que Frank. Il lâcha donc la ceinture, Frank remonta à la surface et se remit à dériver au fil du courant. Thad allait le laisser se noyer tout seul, mais la corpulence de Frank lui permettait de bien flotter. Thad savait qu'il se trouvait à quatre cents mètres d'un gros tourbillon et d'un chenal où il allait souvent et gardait du matériel de camping. Deux jours plus tôt, Laurie l'y avait retrouvé dans son petit bateau à moteur. Ils s'étaient d'abord caressés en maillot de bain, puis nus. Elle s'était moquée des efforts de Thad pour mettre un préservatif, puis elle l'avait ajusté avec sa bouche. Les putains s'y prenaient comme ça, dit-elle, ou du moins l'avait-elle lu dans une des revues cochonnes de son père. Il avait déjà fait l'amour à d'autres filles, mais ça n'avait jamais été aussi débridé.

Maintenant, malgré les éclairs, il gardait les yeux grands ouverts pour guetter le tourbillon qui aboutissait au chenal, au lagon et au campement. Curieusement, il n'avait jamais aussi bien vu sous l'eau, maigre consolation pour sa pommette brisée qui grinçait quand il recrachait de l'eau et lui faisait un mal de chien.

Fervent étudiant en histoire naturelle, il eut le choc de sa vie en atteignant le lagon. Ce lagon avait toujours accueilli une étonnante concentration de grenouilles et de têtards, et maintenant ils se déplaçaient en épais cercles scintillants. Çà et là, un bébé aquatique nageait, buvait l'eau et avalait un têtard en souriant. Longs d'une vingtaine de centimètres, ils avaient les traits de bébés ordinaires, des cheveux bruns et la peau rosâtre. Thad cria en apnée et but la tasse. Il eut si peur qu'il se jeta sur la berge en sanglotant, le souffle court. Il n'avait jamais ressenti un tel trouble, il tremblait de la tête aux pieds. Il fut d'autant plus surpris d'entendre alors une voix.

« Thad, je meurs. »

Il leva les yeux et découvrit Frank debout dans le canal du lagon, de l'eau jusqu'à la poitrine. Il était à peine conscient et tout son corps était secoué de spasmes. Les dernières lueurs du crépuscule se reflétaient sur ses cheveux roux et son visage salement amoché après sa chute sur le quai. Son nez manifestement cassé était enflé et presque comique tant il était énorme.

« Tu as une mine affreuse, Thad. Je t'ai vraiment démoli le portrait. T'as la joue comme un melon.

— Venez par ici, je vais faire du feu à mon camp.

— Je ne peux pas bouger, mais j'ai trouvé le shampooing de ma fille à ton camp. Tu es un salopard. C'est ma petite chérie. Si jamais elle tombe enceinte, je te tue.

— Ça suffit comme ça, le massacre. Je pourrais vous laisser mourir là où vous êtes. »

Thad entra vite dans l'eau, prit le bras de Frank, puis le guida le long d'un sentier traversant les fourrés jusqu'au petit camp. Il dénoua une corde, puis abaissa ses provisions et son matériel enveloppés dans un grand sac plastique noir. Il entreprit aussitôt d'allumer un feu avec un morceau de souche de pin blanc et des brindilles de sapin. Il étala un tissu sec appelé couverture de survie, et le feu rugit bientôt. Il dit à Frank d'ôter ses vêtements mouillés. L'autre obéit et dévisagea Thad d'un air furieux.

« Je sens l'odeur de ma fille sur cette couverture. »

Le sac de couchage était étendu aussi près que possible du feu sans risquer de s'enflammer. Frank somnolait à moitié et marmonnait : « Le bateau de secours du shérif va se pointer. Nous ne devrions rien dire qui risquerait de compliquer notre situation.

— Je devrais peut-être leur déclarer que vous la matez tout le temps.

— Elle a été adoptée ! s'écria Frank.

— Ça ne change strictement rien. »

En amont de la rivière, ils virent la lueur de projecteurs parmi les arbres et les buissons de la berge. Quelqu'un coupa le moteur à jet d'eau du bateau et hurla : « Je sens l'odeur d'un feu de camp !

— Je vais me tirer.

— Bonne idée. Tu as de l'argent ? » Frank lui tendit une liasse de billets trempés. « Reste à l'écart et je t'en donnerai encore. Tu n'as qu'à m'appeler. »

Thad mit l'argent dans un sac plastique étanche qu'il emmenait quand il nageait jusqu'à la ville. Il avait faim, il avait envie de manger des côtes de porc au *diner*, mais il savait qu'il ne pourrait pas mastiquer. Il entra dans son fourré impénétrable. Le bateau du shérif, doté d'un très faible tirant d'eau, pénétra dans le lagon pour voir si Frank était vivant. Thad pensa que cette intrusion allait terrifier les bébés aquatiques. Sa grand-mère anglaise lui lisait une histoire qu'il n'aimait pas. Dent, l'Indienne, lui racontait des histoires de bébés aquatiques, des esprits qui, lorsqu'ils mouraient sur terre, se réincarnaient parfois en oiseaux, mais la plupart vivaient dans l'eau pour se tenir à l'écart des gens qui étaient dangereux pour eux.

Thad entendit la voix haut perchée du shérif : « Frank, qui t'a fait une chose pareille ?

— Personne. Je suis tombé à plat ventre sur le quai, puis j'ai roulé dans l'eau et je me suis mis à dériver.

— Où est Thad ? D'après ta fille, il campe parfois dans le coin.

— Je le savais. Ce sont nos terres. J'ai eu la chance de trouver cet endroit dans l'obscurité et de réussir à faire un feu. »

Les sauveteurs installèrent Frank sur une civière flottante, qu'ils hissèrent dans le bateau. Thad resta assis tout près dans le fourré en se félicitant qu'ils n'aient pas emmené un chien. Leurs lumières s'éloignèrent ; le moteur à jet d'eau du gros bateau démarra, puis ils partirent. Thad crut que ce vacarme allait effrayer les bébés aquatiques. Connaissant la culture à laquelle ils appartenaient, il comprit que leur secret devait rester à jamais caché. Il se souvint des nombreuses histoires que Dent lui racontait depuis l'enfance et continuait de lui répéter. En tant qu'Anishinabe (Chippewa-Ojibway), elle avait passé toute sa vie sur la rivière. Et elle soutenait mordicus, parmi d'autres choses, qu'aucun enfant ne mourait vraiment en bas âge. Ils continuaient de vivre dans l'eau sous forme de poissons, dans les bois sous forme d'oiseaux, parfois même cachés dans l'eau sous forme humaine aux environs du solstice d'été. Il eut la chair de poule au souvenir des yeux limpides de ces bébés. Il se rappela avoir demandé à Dent si les gros poissons mangeaient les bébés. « Non, répondit-elle alors, ils sont parents, mais les bébés aquatiques mangent des vairons, des têtards, des éphémères, des larves et d'autres insectes. » Dent déclara avec force qu'ils avaient même le choix de reprendre forme humaine. Il regretta de ne pouvoir parler à Dent, mais le moment de fuir était venu.

Cela pouvait facilement mal tourner. Frank pouvait changer sa version des faits, ou bien Laurie risquait de faire une bourde. La violence des événements récents le plongeait dans la confusion.

Il nagea jusqu'au rivage et marcha pieds nus sur la route sans problème. Il avait la plante des pieds dure et calleuse, car le nageur qu'il était évitait le plus possible de porter des chaussures. Il était même capable de courir pieds nus sur la cendrée du stade scolaire. Comme il y avait trop de lumières et de circulation lorsqu'il approcha de la ville, il rejoignit la berge de la rivière, d'où il remonta seulement à l'approche du barrage. Sa pommette brisée lui faisant toujours très mal, il s'arrêta au Dairy Queen et but deux milk-shakes au chocolat. Le froid le fit souffrir, mais c'était supportable. De l'autre côté de la ville, il parcourut à la nage les six derniers kilomètres jusqu'au lac Michigan. À cause du dénivelé plus important, le courant augmenta. Par chance, il connaissait très bien certains rochers et il atteignit bientôt l'embouchure de la rivière où brillaient plusieurs feux de camp de pêcheurs nocturnes. Il leur révéla sa cachette secrète de petit bois, en échange de quoi on l'invita à se réchauffer près du feu. C'étaient des hommes d'âge mûr et, dès qu'ils l'eurent dévisagé à la lueur du feu, ils se mirent à le bombarder de questions : « Bon Dieu, mais tu sors d'où, toi ? » « Qui t'a massacré le visage ? » « Il y a eu un crime ? » et ainsi de suite. « Il faut avertir la police.

— C'est fait. Mais j'ai refusé de porter plainte pour coups et blessures. C'est moi qui ai commencé la bagarre. »

Cette dernière phrase les calma. Un homme aux cheveux gris s'approcha de Thad. « Malheureusement, je suis oncologue, pas orthopédiste. Tu devrais aller aux urgences d'un hôpital. Je viens de te reconnaître. Tu es le gamin qui, en août dernier, a battu un record en nageant depuis Ludington jusqu'à Milwaukee pour lever des fonds destinés aux œuvres de charité. Alors pourquoi n'as-tu pas le bon sens d'aller aux urgences ?

— Je suis en cavale. Je vais nager jusqu'à Chicago. »

Les hommes en restèrent bouche bée. L'oncologue toucha la blessure de Thad, grimaça et dit : « Je sens la fracture de l'os zygomatique. J'ai des amis médecins à Chicago. Là-bas, tu pourras disparaître. Ils te soigneront gratis. Notre ami nageait pour l'université du Michigan. Il a gagné une médaille de bronze aux Jeux olympiques.

— La compétition ne m'a jamais intéressé. » Thad était intimidé.

« Pourtant, l'Amérique est ainsi faite. On est toujours en compétition.

— Bah, je travaille toute la journée sur notre ferme dans l'île de la rivière. Je nage une heure en milieu de journée et en fin d'après-midi. C'est la plus grande impression de liberté que je connaisse. Le courant guide ta peau. Alors, nous sommes tout proches d'un oiseau. Depuis l'enfance, les oiseaux et les poissons me passionnent. J'ai simplement envie de me sentir chez moi sur terre. »

Les hommes regardèrent Thad comme un cinglé.

« Ici on est à Muskegon. Y a pas loin de deux cents kilomètres jusqu'à Chicago. Je vais t'emmener en ville en voiture et te payer le billet.

— J'ai envie de voyager dans l'eau. Je peux faire ce trajet en deux jours. Je dormirai à Saugatuck puis à Gary, je passerai la nuit chez des cousins et j'absorberai un peu de liquide. Je ne peux pas mastiquer.

— Mais pourquoi ? demanda l'oncologue.

— Parce que j'adore ça. D'habitude je préfère les rivières, mais le lac Michigan fera l'affaire. Aujourd'hui j'ai regardé la météo et, comme vous l'avez remarqué, le vent souffle du large, si bien que l'eau se réchauffe. Le principal ennemi du nageur, c'est l'hypothermie. On ne réfléchit plus logiquement. Entre autres choses, on se met à souffrir d'hypoglycémie.

— Je t'admire. *Fais ce que tu voudras**, comme disent les Français », déclara le plus renfrogné des pêcheurs, qui descendait une bouteille de schnaps. « Tous ces types gagnent plein de fric, mais la seule chose qui les intéresse dans la vie c'est que leur Lexus soit impeccablement propre. J'ai pas foutu grand-chose, mais à quatorze ans j'ai rejoint la péninsule Nord à vélo, puis avec un copain j'ai filé vers l'ouest jusqu'à Duluth, en campant tout le long du chemin. C'étaient des vélos à gros pneus.

— J'ai déjà entendu cette histoire, se plaignit un autre pêcheur.

— Eh bien, entends-la encore une fois. Qu'as-tu fait de ta vie, putain ? T'es allé à Princeton avant de vendre et d'acheter des actions en Bourse. Dans une société juste, tu aurais été exécuté il y a trois ans.

— Encore un gauchiste plein aux as. Rien à foutre !

— D'accord, j'ai envoyé six neveux et nièces à l'université et il m'est seulement resté quelques millions pour mes parties de pêche. Tu te rappelles quand j'ai craqué il y a quelques années ? J'ai pêché quatre-vingt-dix jours d'affilée. Sans filer un seul rond aux psys. Je suis comme ce gamin. Rien de tel que l'eau pour remettre un homme sur pied ! »

L'aube approchait quand ils s'endormirent. Ils partagèrent leur literie avec Thad et au réveil il réussit à absorber une demi-douzaine d'œufs brouillés.

En une modeste imitation d'un rituel viking, tous descendirent jusqu'à l'estuaire turbulent de la rivière. Thad plongea et disparut aussitôt dans le courant et le clapot. Les hommes restèrent là, en proie à la mélancolie, comme s'ils venaient de perdre un séduisant visiteur venu de l'espace intersidéral avec son portefeuille au poignet et son sac plastique de vêtements accroché derrière le dos.

« Quel homme formidable ! » s'écria l'oncologue. Les autres restèrent silencieux et gênés.

Thad, de nouveau dans son élément, nageait vers le sud et Chicago, une ville excitante qu'il avait visitée avec ses parents, surtout l'aquarium, et puis une ville presque entourée par l'évidence de l'eau. Son père et lui s'étaient promenés le long du lac Michigan pendant que sa mère faisait les boutiques. Son père, qui venait d'hériter dix mille dollars d'une tante célibataire, désirait acheter une voiture neuve, tandis que sa mère voulait mettre cet argent de côté en vue des études de Thad. Dégoûté, il entendait leurs querelles nocturnes. « C'est la natation qui le fera entrer à l'université », plaidait son père. Le chef de la police locale connaissait des entraîneurs sportifs à Michigan State, où lui-même avait fait ses études, et l'entraîneur de natation fit le déplacement. Le père de Thad l'emmena en voiture jusqu'à un lac des environs et le prodige nagea cent mètres à une allure qui rivalisait avec le record universitaire de la région, puis leva le pied, comme par défi. L'entraîneur déclara que les portes de son université étaient *grandes ouvertes* pour Thad, mais le jeune homme voulait à tout prix s'inscrire à Scripps, en Californie, à cause de sa filière océanographie. Si seulement il existait une fac dotée d'une filière océanographie et située sur les berges d'un beau fleuve majestueux ! Ses passions étaient pures et très singulières. Il avait envisagé de baisser la barre et de s'intéresser à l'hydrologie, mais cette discipline lui semblait trop mécanique. Si les esprits aquatiques existaient pour de bon, ils exerçaient une forte emprise sur lui, un peu comme l'amour sur les jeunes hommes, une espèce de maladie obsessionnelle.

En début de soirée il s'approcha de Saugatuck, alla à terre pour boire un milk-shake au chocolat et appela le portable de son cousin. La soirée était tiède et les plages accueillaient toujours les jolies filles allongées, tout occupées à boire une bière. À Chicago, il avait remarqué avec gêne que son père reluquait sans vergogne les splendides baigneuses, et il s'était dit que les hommes étaient ainsi. Son cousin Rick arriva en maillot de bain et veste de smoking, accompagné de trois délicieuses jeunes filles, avec qui il fit une entrée extravagante. Le bruit courait dans la famille qu'il vendait de la drogue et qu'il s'était déjà fait arrêter. Rick déclara qu'il avait parlé à sa mère : selon elle, le père de Thad était allé en ville botter le cul de Frank après que la fille de ce dernier, une amie de la mère de Thad, l'eut informé du passage à tabac. La bagarre avait eu lieu sur le parking du centre commercial tout proche du magasin de voitures. La police n'arrêta pas le père de Thad, car Friendly Frank avait tenté de se défendre avec un démonte-pneu et la lutte leur a paru équitable. Thad fut ennuyé, car malgré sa joue boursouflée il voulait que cette affaire soit définitivement close.

Ils rejoignirent l'appartement de Rick, au luxe tapageur. Il dit vouloir préparer un rosbif pour reconstituer l'énergie du nageur. Les trois filles étaient vautrées dans les chambres, et Thad se dit qu'il allait dormir sur le canapé à moins qu'il n'ait de la chance, mais il avait davantage besoin de dormir que de faire l'amour. Rick le prit à part pour lui expliquer que ces trois filles étaient des richardes de Winnetka, près de Chicago, et qu'elles venaient surtout le voir à cause de la cocaïne.

Il prit une très longue douche brûlante pour redonner à son corps la chaleur que l'eau venait de lui voler. L'état de sa mâchoire semblait s'améliorer un peu, et il espéra pouvoir manger des aliments solides.

La vapeur envahissait la salle de bains. Il entendit la porte s'ouvrir et, quelques instants plus tard, la petite Emily se glissa sous la douche. Quand elle lui avait dit être poétesse, il n'avait su que répondre, car il n'avait jamais rencontré personne se présentant ainsi. Elle zozotait et venait de finir une première année de fac à Sarah Lawrence. Elle reconnut faire partie d'une bande *très allumée* d'amis d'enfance. Thad ne s'intéressait pas à la poésie, sinon depuis une date récente, quand un jeune prof de littérature américaine lui avait fait lire *Desert Music* de William Carlos Williams ; et il l'avait beaucoup aimé, ce livre sans eau. Il embrassa le sommet de la tête d'Emily et, derrière son dos, baissa les yeux pour regarder ses jolies fesses.

« Je n'ai jamais cédé à ce genre d'impulsion, mais je ne voulais pas que tu partes », chuchota-t-elle. Ils firent l'amour sur le tapis de la salle de bains, puis s'assirent en sentant la timidité les envahir.

« D'après Rick, tu es paysan et nageur. Je ne vois pas le rapport.

— Simplement, un corps peut faire les deux.

— Quand tu seras à Chicago, ne va pas nager près des plages du centre-ville. L'eau est sale. Viens plutôt chez nous. L'eau est plus propre au nord de la ville.

— Il faudra que j'y aille à la nage. Je n'ai pas de voiture.

— Je viendrai te chercher ou j'enverrai un taxi. Tu comptes loger où ?

— Je n'en ai pas la moindre idée. Je compte trouver une chambre.

— J'aime bien ta façon de parler. Tu ne frimes pas comme les garçons que je fréquente. Je te conseille de trouver une chambre dans un quartier agréable. »

Il en déduisit qu'elle était pleine aux as. Thad avait connu quelques rares filles riches et les avait toutes trouvées irréelles.

« Je ne me suis jamais senti en danger.

— Tu as tes poings, mais au centre-ville ils ont des flingues. »

Au dîner, les deux autres filles semblèrent vexées qu'Emily leur ait déjà piqué ce mâle disponible. Elle prit plaisir à lui faire manger de nombreuses petites bouchées de rosbif saignant et de salade de pommes de terre, que la mâchoire de Thad autorisa. Le miroir de la salle de bains avait révélé une joue effroyablement violacée, qui le décida à contacter plus tard l'ami de l'oncologue.

À quatre heures et demie du matin, l'aube pointait à peine et il entendait les premiers gazouillis de la fauvette quand Emily s'allongea une fois encore sur lui. Elle débordait d'énergie, mais il désirait décamper au plus vite pour arriver avant la tombée de la nuit.

« J'ai un peu mal, murmura-t-elle.

— C'est pas de ma faute, blagua-t-il.

— Salaud ! » siffla-t-elle.

Dans la cuisine il rassembla ses affaires et but un litre de lait. Bizarrement, on risque de se déshydrater en nageant. C'était une aube tiède et les eaux du lac Michigan étaient calmes. Emily pataugea en nuisette pour l'embrasser et lui dire au revoir. Avec un stylo-bille elle avait presque gravé son numéro de téléphone sur l'avant-bras de Thad. Un peu tardivement, il ressentit une pointe de culpabilité en pensant à Laurie, mais que peut-on faire quand une fille ravissante vous rejoint sous la douche ? Laurie et lui étaient proches depuis sept ans, en fait depuis le CM1. Ses parents, Frank le colosse et Barbara la débraillée, étaient des snobs qui lui préféraient le fils d'un riche médecin, Isaac, lequel devait rejoindre Yale à l'automne. Le médecin était l'associé de Frank dans cette ridicule entreprise vinicole. Les récits des crises de rage autoritaire de Frank émaillaient souvent la conversation de Laurie. Maintenant

qu'il nageait vers le sud, il attendit que le battement
de ses bras disperse les images embarrassantes de
Laurie et Emily tourbillonnant ensemble jusqu'à ne
plus les distinguer, ce qui, pensa-t-il, ne rendait jus-
tice à aucune de ces deux adorables filles. Laurie était
si souvent morose à cause de ses parents qu'elle avait
du mal à fréquenter des jeunes gens *normaux*. Pour
Thad, le père de son amie, Frank, était une sinistre
grande gueule qui s'extasiait volontiers sur ses propres
exploits héroïques dans l'équipe de football de Notre
Dame. Personne ne semblait capable de faire la part
de la vantardise et de la vérité. Très costaud, il avait
joué ailier défensif. Thad se dit qu'il y avait d'autres
grandes gueules similaires en ville, et quand il inter-
rogea son père à ce sujet, celui-ci lui répondit que
le Texas était bourré de « connards prétentieux » de
cet acabit. Il ajouta que dans les bars lui-même et
ses copains ouvriers du pétrole adoraient dérouiller
ce genre de crétins m'as-tu-vu. En fait, sa famille
avait vécu sur un petit ranch qui avait fait faillite
dans le nord du Texas, après quoi ses frères et lui
avaient bossé sur les puits de pétrole. Musclés et
dégingandés, ils parlaient volontairement d'une voix
douce. Très tôt, il avait appris à Thad à se battre
avec ses poings et à étrangler peu à peu son adver-
saire pour éviter de se faire maltraiter. Lors d'une
crise particulièrement violente, Frank battit sa
femme sur les fesses avec une planche, car il trouvait
qu'elle commandait trop de choses sur catalogue, et
elle en fut si humiliée qu'elle refusa de quitter sa

chambre durant trois semaines. Ces mauvais traitements, presque inconcevables pour Thad, rendaient Laurie maussade et susceptible, mais quand il lui demanda pourquoi sa mère ne quittait pas Frank, elle réussit seulement à répondre qu'elle aimait son foyer, cette villa cossue que Thad trouvait parfaitement grotesque.

Il avait sous-estimé la longueur et la durée du trajet : au crépuscule, quand les lumières de Chicago se mirent à scintiller au sud, il lui restait encore un bon bout de chemin à faire. Il nagea jusqu'au rivage et par chance trouva sur la plage un feu qui fumait encore et qu'il ranima, ainsi qu'une couverture humide qu'il tint en l'air pour la faire un peu sécher.

Il se rappela que récemment, en regardant un match de boxe avec son père, il avait déclaré sur un ton sans réplique que les champions ne baisaient jamais avant un combat, et il ne prit pas la peine de compter combien de fois Emily et lui venaient de faire l'amour. Malgré les élancements de sa mâchoire, il avala un peu de fromage mou et de pain tirés de son sac. Il n'osait pas prendre un médicament anti-douleur, à cause de leurs effets généralement soporifiques. Il dormit comme une souche et retourna dans l'eau avant le lever du jour. Au sud de Gary, il franchit à la nage le sillage d'un énorme minéralier et cette grosse vague ressembla à une déferlante de l'océan. Il était assez près du bateau pour apercevoir les hommes sur le pont. Il leur adressa un signe de la main, mais ils ne le virent pas. Il prit garde de nager contre le flot croissant des navires et leurs hélices mortelles. Vers midi il distingua clairement la tour Sears, et le nombre des avions décollant ou atterrissant à O'Hare le stupéfia.

En milieu d'après-midi, il se hissa en vacillant le long d'une échelle métallique rouillée à Meigs Field, l'aéroport de l'île. Il se laissa tomber à plat ventre sur le ciment brûlant pour que son corps glacé absorbe un peu de chaleur. Quelques minutes plus tard, il leva les yeux et vit une voiture de sécurité au gyrophare allumé rouler vers lui. Elle s'arrêta, les pneus avant à quelques centimètres de sa tête. Il entendit une voix :

« Vous êtes mort ?

— Apparemment pas, répondit-il. Voilà deux jours que je nage depuis Muskegon.

— Arrête tes conneries !

— D'accord, je suis arrivé en marchant sur l'eau !

— Vous n'avez pas le droit de dormir ici. Ceci est un aéroport.

— Je cherche une chambre à louer.

— Ici ?

— À Chicago. À quelques rues de la plage.

— Ma sœur a une chambre d'amis sur Astor. Un peu chère. Seulement pour messieurs. T'es pas pédé ?

— Apparemment pas. Ce terme n'est-il pas désobligeant ?

— Désolé. Cette chambre se loue quarante dollars la semaine.

173

— Ça me va. » Thad pensa à la liasse de billets que lui avait donnée Frank et aux économies qu'il avait faites pour aller voir l'océan Pacifique.

Ce ne fut pas sans inquiétude qu'il se releva du ciment chaud et rassurant. Pourquoi ne pouvait-il pas rester là ? Son père avait beaucoup exagéré les ambitions du fils : nager dans le Pacifique, faire le tour de l'île de Manhattan à la nage, rejoindre le continent asiatique à partir du Japon, Key West à partir de La Havane, un projet où beaucoup avaient échoué. Mais la seule raison qui l'amenait là, c'était le magnifique plan d'eau qu'il venait de traverser entre l'endroit où il habitait dans le Michigan et Chicago. Il avait sans conteste l'estomac noué, à cause de la timidité, voire de la peur. Chicago semblait trop vaste et hostile, beaucoup plus que Washington ou New York, deux villes où il était allé en auto-stop l'année précédente, simplement pour voir à quoi elles ressemblaient *en vrai*, y compris le grand trou dans le sol qui témoignait du 11 Septembre. Depuis belle lurette il reconnaissait dans son caractère une vaste zone de folie absolue, incluant aussi ce que son père nommait « sa propension à tenter le sort ». Il aurait pu appeler Laurie au lieu de faire cette escale interdite. Frank l'avait averti qu'il lui « botterait le cul » si jamais il tentait de rendre visite à Laurie, laquelle l'aurait de toute façon rejoint à la première occasion. Sa mâchoire était là pour témoigner de sa propre bêtise.

174

Il prit un pantalon et une chemise dans son sac plastique et les enfila. Puis il partit en compagnie de l'agent de sécurité Bud pour voir cette chambre située à mi-chemin de la ville, tout en pensant aux bébés aquatiques qui vivaient tout près de chez lui. Avaient-ils besoin de sa protection ? Lui-même avait-il besoin de sa propre protection ? Sans doute que oui. Le quartier d'Astor semblait trop luxueux, et la maison, dotée d'un grand jardin fleuri par-derrière, était splendide. Les présentations se passèrent bien, suivies de l'énumération de règles farfelues. Pas de fille dans la chambre, sauf membres de la famille ou fiancée officielle. Pas de plats chauds. Café toujours chaud dans la cuisine. Tout travail dans le jardin sera déduit du loyer. C'était une femme massive qui déclara Thad « très mignon ». Le lac Michigan se trouvait à quelques rues seulement au nord. Prénommée Willa, elle avait un léger accent irlandais. Il paya plusieurs semaines d'avance et, lorsqu'elle lui demanda où étaient ses bagages, il répondit qu'il arrivait de Muskegon à la nage. Elle écarquilla les yeux et déclara qu'un cousin éloigné avait jadis traversé la Manche à la nage et remporté une médaille olympique. La chambre de Thad avait une porte qui donnait sur le jardin. Il dit au revoir et merci à Bud, puis somnola à demi sur l'immense lit tout en lisant une feuille dactylographiée indiquant les restaurants les plus proches et les *lieux de culte*. Il avait toujours le ventre noué et il laissa ses pensées dériver vers Laurie et Emily. Il allait devoir ravaler son orgueil et acheter son premier téléphone portable. À dix-sept ans, il était le seul garçon de son âge à ne pas en avoir. C'était une question de fierté où se mêlait un peu de snobisme, et puis il ne voulait pas dépenser ses maigres économies destinées à ses rêves futurs. Mais maintenant il souffrait de la solitude et il eut envie d'appeler à la fois Emily et Laurie, et puis il devait à sa mère des explications téléphoniques. Elle était habituée à des disparitions de deux ou trois jours, mais cette fois il poussait le bouchon un peu loin. Et qui sait quels problèmes Frank risquait de causer ? Il avait observé les débuts du téléphone portable du même œil que son père confronté à ceux du Hula Hoop et du Frisbee.

Il prit une douche, puis sortit se promener vers le quartier d'affaires. Il acheta deux T-shirts des Chicago Cubs et, très intimidé, entra dans un magasin de téléphones portables. Une jeune vendeuse mexicaine plutôt avenante le prit en main et il acheta le plus simple modèle prépayé, avec un abonnement de cent minutes. Ensuite, il ressortit dans la rue, entra dans un parc et s'assit sur un banc. Il appela d'abord sa mère, qui entra dans une rage noire quand il lui apprit qu'il était à Chicago. Elle dit qu'elle avait besoin d'aide à la ferme, car le père de Thad était déchaîné. On avait lacéré ses pneus devant la taverne, et il soupçonnait la bande des mécaniciens de Friendly Frank. Il dit piteusement : « Je ne peux pas rester là-bas éternellement. Faut que je fasse ma vie ailleurs », sur quoi elle raccrocha. Puis il appela Laurie. Leur conversation commença mal, car elle était avec son père dans la cuisine et elle fit semblant de parler à sa copine Lisa. Il lui dit qu'il allait bien, avant d'évoquer l'incident des pneus crevés, ce qui poussa Laurie à crier : « Merde, c'est dégueulasse ! » et à injurier son père, qui s'enfuit de la cuisine. Comme ils n'avaient plus rien à se dire, il raccrocha et appela Emily, qui lui déclara que son père voulait le rencontrer. Il comptait proposer un emploi à Thad. Ils pouvaient partager le petit déjeuner du lendemain au Drake, un hôtel proche de son bureau. Elle lui avait déjà dit que son père avait grandi sur une vaste ferme dans l'est du Kansas. Thad, qui apercevait le Drake au loin, s'arrêta dans un magasin de vêtements et acheta un veston d'été pour une somme modique. Comme Emily travaillait pour son père durant l'été, ils devaient se retrouver à cinq heures de l'après-midi.

Thad était maintenant en proie à un léger conflit intérieur. À dix-sept ans, on cède aisément à l'arrogance. Les jeunes de cet âge débordent d'une assurance absurde ou semblent se flétrir sur pied. Thad hésitait maintenant entre ces deux attitudes. Il s'aventurait dans le monde en se tenant sagement hors de portée de Friendly Frank et, bien qu'un peu prématurément, découvrait ce à quoi ressemblait ce monde. La vie l'entraînait malgré lui dans un ascenseur hoquetant, un peu hésitant et tremblotant, sans que ses émotions aient encore assez de tissu cicatriciel pour lui accorder l'aplomb nécessaire. Le nombre inimaginable de gens qui marchaient dans les rues ne fit rien pour le calmer. Ses sensations complexes lui rappelèrent celles qu'il connaissait entre la fin de l'automne et le début du printemps, quand le froid l'empêchait de nager. Il passait alors des journées entières à arpenter les berges de la rivière sans la quitter des yeux, à observer les familles de loutres qu'il voyait parfois, leur babil et leurs couinements délirants, leur vitesse ahurissante dans l'eau.

Maintenant, sur son banc de parc, il se demanda si tous les bébés aquatiques naissaient au printemps, car ils ne pouvaient certainement pas survivre au cœur de l'hiver. Il était furieux contre Frank qui l'avait chassé du lieu sacré vers lequel il devait retourner coûte que coûte, ou mourir, une option nullement exclue. Il restait assis là, muet et hagard, face à l'intense circulation, humaine et automobile, le large serpent des voitures filant vers le nord et l'endroit où Emily vivait. Que faisait-il ici ? Bonne question. Il eut soudain l'impression de regarder une énième rediffusion de *La Quatrième Dimension*, une série que son père appréciait mais que lui-même n'aimait guère. Qui dans cette ruche humaine avait vu un bébé aquatique, sans même parler de lui effleurer la peau ? Il se dit que ce contact inouï faisait de lui un être d'exception. Aurait-il dû rester avec eux, ou bien sa fuite était-elle justifiée ? Peut-être que ces créatures existaient depuis la nuit des temps et survivaient sans problème. Il n'avait jamais cru aux fantômes ni aux esprits, ni à Dieu ni aux dieux, sauf à ce que Dent lui avait raconté, et ces bébés aquatiques semblaient appartenir à son peuple. Enfant, il avait campé avec elle après que la fille adolescente de Dent eut trouvé la mort en compagnie d'un garçon ivre dans un accident de voiture. Toute la nuit, en proie à ses rêves, Dent avait appelé sa fille dans la tente. Il avait plu un peu et à l'aube Thad, seulement âgé de dix ans à l'époque, était certain d'avoir vu la fille de Dent debout sous la pluie, qui le regardait par le rabat ouvert de la tente. Quand il le dit à Dent, elle gémit et pleura en chantant la mélopée funèbre de sa fille.

Une autre bizarrerie se produisit quand à treize ans il chassa la gélinotte huppée pour manger avec un ami. Cet ami, un vrai crétin, abattit un grand corbeau mâle avec un fusil. Le corbeau blessé tomba dans la rivière et Thad crut voir l'oiseau lui lancer un regard accusateur, si bien qu'il plongea sans réfléchir pour le repêcher. Il tint ce corbeau dans ses bras jusqu'à ce que l'oiseau frémisse et meure, et lui-même frissonna aussi tandis que le corbeau ne le quittait pas des yeux. Il fit jurer à son ami de ne jamais parler de cet épisode à personne s'il ne voulait pas s'exposer à de sévères représailles. Mutt, le chien de Thad, habitué à creuser un trou pour les animaux morts qu'il trouvait, en creusa un pour ce corbeau. Dent affirmait que l'âme des nourrissons morts entrait dans un oiseau et que ce corbeau était peut-être entré en lui. Il apercevait seulement les yeux de cet oiseau lorsqu'il nageait très profondément sous l'eau.

Thad était le meilleur naturaliste de toute son école, et son plus vieux professeur, qui était aussi le plus attachant, lui conseilla de ne jamais décréter des choses impossibles dans un univers comptant quatre-vingt-dix milliards de galaxies. Einstein n'avait-il pas déclaré que les savants ne devaient pas percer des trous dans une mince planche de carton ? Il fallait explorer tous les mystères. Thad adorait lire des articles sur les migrations inconcevables de certains oiseaux. Une espèce altruiste parcourait vingt mille kilomètres d'une traite, sans la moindre étape. Sa mère pensait que le plus grand miracle humain était Mozart, un musicien sur lequel il n'avait aucun avis. Il préférait le grand air et la fauvette qui se posait sur son genou en mai alors qu'il se tenait assis quelque part, une fauvette peut-être de retour des Bahamas et en route vers le nord Michigan.

Il restait donc assis, tout raide et étranger à son environnement, et il eut envie de nager en voyant au loin la rive du lac bleuté, mais c'était l'heure de retrouver Emily. À une rue de là, il la reconnut, debout sous la marquise du Drake, en train de parler à un groom parmi les rares taxis et limousines qui arrivaient. Quand il les rejoignit, elle se retourna en manifestant un grand plaisir.

« Lee, voici Thad. Aide-le s'il en a besoin, mais ne lui présente aucune femme. Il est à moi.

— D'accord, Emily. »

En longeant les immenses arrangements floraux de la réception du Drake jusqu'à l'élégant ascenseur, Thad eut l'impression d'être un garçon de ferme lourdaud et misérable. « Papa loue ces chambres pour ses affaires, déclara Emily comme s'ils étaient tous les deux seuls dans l'ascenseur. Mais maman n'est guère convaincue. » Elle éclata de rire. « Les ancêtres de maman étaient des puritains de Boston, ce qui signifie qu'ils faisaient le commerce des épices, des baleines et des esclaves. Elle a l'arête du nez si tranchante qu'on risque de se couper en l'approchant. Ses parents sont allés à Harvard et Yale, mais papa est allé à l'université du Kansas. » Dès qu'ils entrèrent dans la suite de taille moyenne, Emily se jeta sur le lit king size, écarta les jambes et lui fit signe de la rejoindre.

« Pas dans la chambre de ton père, dit-il.

— Trouillard ! protesta-t-elle. Alors où ? » Elle se leva, rejoignit le salon, sortit de son sac des petites jumelles de théâtre et les braqua vers la rue. « Regarde, le voilà près de la porte en train de discuter avec un politicien que nous soutenons. Nous lui avons payé une putain de Cadillac. » Comme Thad se tenait juste derrière elle, Emily tortilla du croupion contre l'entrejambe du garçon qui, incapable de résister davantage à la tentation, releva la jupe du tailleur strict et elle abaissa sa petite culotte. À peine eut-il touché au but qu'on frappa à la porte et qu'une voix annonça : « room service ». Il ressortit sur-le-champ, la jupe retomba, la porte s'ouvrit.

« Un petit en-cas de la part de votre papa, annonça un serveur noir. Bourgogne blanc et chair de crabe, votre plat préféré. Et le bourbon de votre père. Il sera ici dans une minute ou deux.

— Merci, Harold », dit Emily en lui touchant le bras.

Harold adressa à Thad un regard qui disait : « espèce de sale petit veinard de Blanc », et partit.

Emily se pencha aussitôt au-dessus du canapé pour qu'ils puissent finir. Thad en fut heureux, mais il avait les nerfs en pelote. Il avait pensé par intermittence à son grand-père et à l'étrange scène d'agonie où sa mère et lui avaient veillé toute la nuit son grand-père qui s'en allait. La veille au soir, son vieil ami le médecin de campagne était resté deux heures, et puis Dent l'avait ramené de l'autre côté de la rivière. À son retour, elle s'assit contre le mur sur une chaise à dos droit, tout près de la tête de grand-papa. Tout le monde savait qu'ils étaient amants depuis des années. Une dizaine de kilomètres à l'est, dans les bois, grand-papa et Dent se retrouvaient dans un chalet de chasse au chevreuil. Ils attendaient la neige de la mi-novembre pour transporter la viande sur une luge. Le médecin était parti dans la soirée, quand grand-papa avait dit : « S'il te plaît, laisse-moi m'en aller. » Son cœur était aussi erratique que celui d'un moineau blessé et il pensa qu'une telle panique ne convenait pas au moment de dire au revoir à la terre magnifique. Derrière les fenêtres, il voyait les saules jaunis par le givre au bord de la rivière. Il répéta inlassablement à Dent et à sa mère de ne pas passer leur vie à trimer aussi dur qu'il l'avait fait. Comme son père Thaddeus, grand-papa pensait qu'une journée de travail ordinaire comptait douze heures, voire un peu plus en été quand les jours étaient plus longs. Cet homme célèbre pour sa force comme certains paysans admirés en raison de cette qualité précieuse, était désormais réduit à une masse noueuse de muscles arthritiques. Grand-papa était le seul membre de la famille à admirer sans réserve les talents de nageur de Thad, et ensemble ils pêchaient souvent la truite brune dans la rivière. Ses parents attendaient de lui qu'il aille pêcher le crapet arlequin et la perche dans un lac voisin, car ils préféraient la chair savoureuse de ces poissons.

Assis sur le canapé de la suite, Thad picorait la chair de crabe d'un air morose et sirotait le vin, tous deux délicieux. Il se sentait vaguement ramolli après l'amour, mais il retrouva un peu d'énergie quand Emily lui montra une minuscule cicatrice due à une opération du genou. Elle avait une peau légèrement olivâtre, car, expliqua-t-elle, sa mère biologique était une Italienne du Frioul émigrée à Chicago, et elle avait été adoptée. Thad calcula sombrement que cette suite devait coûter autant, sinon plus, que les bénéfices quotidiens de leur ferme, mais il avait lu tellement d'articles sur l'injustice économique aux États-Unis qu'il en avait désormais la nausée. Cette suite coûtait manifestement davantage que l'argent gagné à la ferme en une journée, et ce malgré leur travail harassant.

Lorsqu'il reprit conscience, il avait la main posée sur celle d'Emily. La vision ensorcelante des bébés aquatiques gobant les têtards dans l'étang avait bouleversé sa conception de la vie. Depuis ce jour, le monde n'était tout simplement plus le même.

« J'aimerais bien savoir à quoi tu penses », dit Emily en remplissant le verre de Thad, si distrait qu'il aurait très bien pu boire, sans s'en apercevoir, le bourbon qui attendait le père d'Emily.

« Quand j'étais tout gamin, avant l'école maternelle, je portais un harnais de cuir pour ne pas me noyer dans le petit étang situé derrière la ferme. Un jour, grand-papa est devenu superstitieux en me voyant enlacé dans l'herbe avec un bébé castor, tout près des joncs, tandis que la maman castor, d'habitude inquiète, nageait tranquillement près de sa progéniture. Dent a rassuré grand-papa en lui disant que ce n'était pas vraiment bizarre, mais mon grand-père se désespérait à l'idée que son petit-fils était peut-être en train de rejoindre le monde animal. Quelques mois plus tard, un jour où ma mère cueillait des mûres pour faire de la confiture, elle m'a vu marcher sur la berge avec une oursonne, puis m'arrêter pour me rouler dans l'herbe et me battre avec elle, suivi par l'énorme mère ourse. Ma propre mère a hurlé de terreur, et la petite oursonne est tombée dans la rivière. Je suis allé la repêcher et je l'ai remontée toute trempée sur la berge. La mère ourse a grondé de colère et elle m'a mordillé pour me punir de mon inattention. J'ai traversé la rivière pour rejoindre ma mère qui se demandait depuis un moment déjà pourquoi mes jambes de pantalon étaient lacérées. Quand je jouais avec cette oursonne, grand-papa s'inquiétait à cause de la mère ourse, mais il savait que, s'il l'abattait, la petite ne survivrait pas à l'hiver. "Laisse-les tranquilles", lui conseillait Dent. Elle-même s'était autrefois liée d'amitié avec un ourson et, quatorze ans plus tard, ils étaient toujours amis. Avec ses yeux et son grondement, l'ours prévient toujours quand il est en colère. Ce n'est pas à toi de t'approcher de lui ; laisse-le s'approcher de toi. Les animaux ont envie de compagnie, mais à leur guise. Je pouvais donc entrer en contact avec eux, mais à condition de respecter certaines précautions. »

Ravie, Emily déclara qu'elle avait toujours désiré avoir pour petit ami un garçon à demi animal. Une clef tourna dans la serrure, son père entra.

« J'aurais dû frapper.

— Pourquoi ? le taquina Emily.

— Oui bien sûr, j'avais oublié que tu étais une vraie bonne sœur… » Il serra la main de Thad. « Tu es costaud. Tu as grandi sur une ferme, d'après ce que j'ai compris. Moi aussi.

185

— Oui, c'est ça. » Thad prit cette main dans la sienne en pensant qu'il n'avait jamais vu un aussi beau costume. L'homme avait deux prénoms : John Scott Walpole.

Ils échangèrent leurs expériences du travail à la campagne, John Scott ayant grandi sur une immense ferme de soja et de blé dans l'est du Kansas, et maintenant que le Brésil avait un quasi-monopole sur le soja, ses deux frères qui s'occupaient de l'exploitation avaient recentré les cultures sur le blé, et comme le cours de cette céréale grimpait, le moment était parfaitement choisi. John Scott insista pour que Thad se fît examiner la joue avant de travailler pour lui à l'entrepôt, et Thad lui répondit qu'il avait le numéro de téléphone d'un médecin.

« Alors à toi de jouer », dit John Scott en lui tendant bêtement le téléphone.

À cet instant précis, le portable de Thad sonna, Emily qui était tout près le saisit et regarda le nom du correspondant. Elle prit la communication, écouta un moment, puis cria et s'effondra sur les fesses. Thad courut jusqu'à elle, ramassa le téléphone et fut bientôt lui-même pris de vertige. Son père s'était rendu à une vente aux enchères dans une ferme du voisinage et, le matin même, trois mécaniciens de Friendly Frank l'avaient attaqué avec des démonte-pneus. Il était maintenant à l'unité de soins intensifs de l'hôpital Blodget à Grand Rapids. John Scott prit alors le téléphone. On sous-estime trop souvent l'efficacité et l'énergie de certains hommes riches et puissants (troisième génération de magnats de l'immobilier à Chicago). En quelques minutes, il parla à Rick, à la mère de Thad, à Laurie, la fille de Frank, à un ancien condisciple de l'université Northwestern qui était l'avocat le plus implacable de Grand Rapids, au procureur du comté de Kent, puis au shérif du même comté, finissant la conversation par un vigoureux « Soyez-y ! », à son pilote habituel de King Air à Meigs, après quoi il appela son chauffeur, commanda des sandwiches, puis expliqua comment ils allaient *régler* le problème. Il était parfaitement conscient du fait que tout cela ne le regardait pas, mais son sens de l'ordre ainsi que le bien-être de sa fille en souffraient. Sur le chemin de l'aéroport, Thad continua de l'informer sur les événements récents, et John Scott réagit en disant : « Je déteste les petites frappes », et : « Grosses pointures dans une petite ville » en évoquant quelques amis du Kansas rural. Deux heures plus tard, ils étaient dans la chambre d'hôpital du père de Thad, à Blodget, en compagnie du procureur, du shérif et de l'avocat de John Scott. Thad embrassa le front de son père. La moitié du corps et de la tête du blessé étaient plâtrés.

« J'espère que vous êtes assez idiot pour témoigner que c'est notre client qui a entamé une bagarre avec trois malabars armés de démonte-pneus ? » demanda l'avocat au shérif.

Thad se sentait mal à l'aise. Son professeur préféré, surnommé localement « le gauchiste », enseignait l'histoire et était le meilleur pêcheur et chasseur de toute la région, des prouesses qui lui permettaient de se faire pardonner ses opinions politiques. Il croyait dur comme fer que le talent unique manifesté par la bête humaine pour s'entretuer installait toute cette espèce sur un siège éjectable. Il soutenait avoir été traité plus poliment dans un camp de prisonniers nord-vietnamien que par les républicains locaux. Il avait amassé une quantité incroyable d'informations historiques sur la violence du langage, et maintenant, dans cette chambre d'hôpital, Thad jugea futile d'humilier ainsi le shérif alors que le principal fauteur de troubles était Friendly Frank, qui allait se retrouver accusé du coup de douve de tonneau en travers de la joue de Thad, et dont la propre fille témoignerait contre lui. Laurie lui avait rapporté que son père s'était trouvé très gêné quand la police lui avait expliqué que c'était Thad qui l'avait sauvé de l'hypothermie et de la noyade. Laurie voulait que Thad intente un procès à son père et gagne assez pour s'inscrire à Scripps en Californie, car le garçon mourait d'envie d'étudier l'eau et ses habitants. Il était content que John Scott, le père d'Emily, soit de leur côté, mais il savait très bien que c'était le genre d'homme immensément riche et puissant qui avait récemment semé le chaos dans la communauté internationale de la finance. Ainsi que son professeur l'avait inlassablement martelé à ses élèves, comment la cupidité pouvait-elle être la vertu première d'une culture ?

Le shérif était aux abois.

« Je suis surpris que vous restiez sans réagir face à toute cette violence dans votre circonscription. Regardez le visage de ce jeune homme.

— Il est entré par effraction sur une propriété privée, dit piteusement le shérif.

— Il se tenait sur le ponton à l'invitation de la fille, sa camarade de classe. Il n'y a pas là davantage d'effraction que si l'on butait un gamin venu réclamer des bonbons le jour de Halloween. Aucun citoyen n'a le droit de prendre ce genre de liberté, pas plus qu'on a le droit de posséder un pitbull qui va massacrer le gosse du voisin. Votre Friendly Frank n'est pas vraiment un sale type, il est généreux en public, mais il ne devrait pas avoir le droit de contrôler la communauté comme un voyou.

— On ne va pas le laisser faire, déclara John Scott. On va lui botter le cul. »

C'était ce genre de prise de position qui mettait Thad mal à l'aise. Il ne s'agissait pas d'une bataille de titans, mais peut-être d'une bataille de bites. Pourquoi les hommes devaient-ils se comporter ainsi ? Les doutes éprouvés par Thad à Chicago s'emparèrent à nouveau de lui. Emily enlaçait les épaules de son père et flirtait avec lui.

« Tu es bien plus joli qu'un chiot moucheté, lui susurra-t-elle.

— C'est un compliment texan », ajouta John Scott, très fier de la beauté de sa fille.

La réunion dans la chambre d'hôpital aboutit à une seule conclusion, le shérif fut humilié et le procureur furieux contre lui : « Faut que t'arrêtes de lécher les bottes à Friendly Frank. Regarde la tronche de ce gamin. Ça relève forcément des coups et blessures. Et maintenant vise un peu son père, pour l'amour du ciel ! Tu laisses un voyou diriger la ville. Je sais bien que pour ta dernière campagne c'est lui qui t'a filé le plus de fric, mais quand même ! »

Thad se sentit submergé par une vague nauséeuse à cause de l'argent et du pouvoir, à cause de Laurie et d'Emily. On aurait dit que les filles riches ne se refusaient jamais rien. Il avait rejoint Laurie à Grand Rapids durant l'automne dernier ; entre ses courses scolaires, un repas dans un restaurant chinois et une virée à Schuler Books, il estima qu'elle venait de dépenser dans les deux mille dollars, ce qui lui parut répugnant. À quoi prépare la richesse dans la vie, sinon à la rendre plus facile ? Au moins, Emily et Laurie débordaient de curiosité et elles travaillaient bien. En cinquième, Thad était tombé amoureux de la nièce de Dent. Ils campaient, pêchaient et chassaient ensemble. Tout le monde l'appelait Colombe, car légalement on n'avait pas le droit de chasser la colombe dans le Michigan, mais elle transgressait allègrement cette loi. Elle les tirait avec du petit plomb ou bien elle les attrapait grâce à des pièges, puis elle les plumait, les vidait et les faisait cuire au feu de bois pour Thad. Son père était le premier fournisseur en viande de la tribu et il abattait jusqu'à trente chevreuils à l'automne pour les membres les plus âgés de son clan. Parfois, quand ils campaient et pêchaient la truite de rivière, Colombe préparait un ragoût de gibier avec du maïs et de la courge fraîche. Ils passaient de si bons moments ensemble que Thad eut le cœur brisé lorsqu'ils se quittèrent et qu'elle lui dit : « Tu aimes ces jolies petites connes pleines aux as, et pas une jeune Chip au gros pif. »

À cause de ses talents pour la chasse et la cuisine, Colombe devait se marier très vite. Aujourd'hui, elle avait deux enfants et, quand elle venait à la ferme, l'atmosphère était toujours mélancolique. Colombe irritait souvent le père de Thad, car elle pêchait toujours davantage de poissons que lui. Quand ils partaient tous ensemble en barque pour une expédition de pêche, ils emportaient un gros fait-tout et les célèbres provisions de Colombe : du maïs doux séché au soleil, des poireaux sauvages, de la courge et du gibier, y compris de nombreux os à moelle. Jamais Thad n'avait mangé un plat aussi bon. Il appréciait même le mari de Colombe, un homme doux et aimable qui n'avait aucun problème d'alcool. Néanmoins, il se sentait étrangement jaloux des enfants, Grassouille et Zizi, une fillette de deux ans et un garçon de trois ans, qui se comportaient comme des oursons. Les membres de la tribu appelaient Thad le Poisson Humain. Dent lui rapporta qu'un écrivain du nord Michigan, ami de la tribu et auteur de livres sombres, était connu sous le nom de Celui-qui-Va-très-loin-dans-les-Ténèbres-et-Nous-Espérons-qu'Il-Va-en-Revenir. De manière générale, les membres des tribus américaines sont affreusement mal compris, car personne ne fait le moindre effort dans ce sens et les petits curieux agressifs ne sont pas les bienvenus. Tout comme un peu plus tôt dans notre histoire les explorateurs botanistes étaient révérés en tant que *sondeurs de terre*, les Blancs ont davantage les coudées franches. Thad ne savait jamais quoi penser, car il avait grandi parmi eux et n'avait jamais senti la moindre distance avec cette culture. Elle n'avait rien de particulièrement éthéré, mais il s'y sentait *chez lui* au sens très terre à terre où grand-papa employait cette expression.

Tous quittèrent la chambre d'hôpital en étant certains de la victoire, tous sauf Thad qui, en tant qu'*artisan de la paix*, désirait seulement qu'on en finisse, d'autant qu'en son for intérieur il avait invoqué ses bébés aquatiques afin de se calmer. Il se rappela alors avec amusement que, lorsque Colombe et lui poussaient la barque pour aller camper quelque part, Dent leur lançait de la véranda : « Pas de bébé, s'il vous plaît ! » Il était alors gêné, tandis que Colombe riait et ramait.

Emily et John Scott dînèrent à la ferme et y dormirent. Ils adorèrent la petite barge qui les amena sur l'île. « Je me sens en sécurité ici », dit John Scott, et Thad se demanda pourquoi lui qui possédait une grande partie de Chicago ne pouvait pas s'y sentir en sécurité. La mère de Thad avait préparé des chaussons à la viande typiques des Cornouailles. Sa grand-mère ainsi que la famille de John Scott venaient de la région de Lyme Regis, en Cornouailles, et tout le monde passa une excellente soirée à bavarder, mais vers trois heures du matin leur bonne humeur vola en éclats. Colombe appela pour dire que la police venait de passer chez elle pour lui apprendre que son mari avait trouvé la mort dans un accident de voiture près de Mount Pleasant, alors qu'il revenait d'une réunion à Lansing, la capitale de l'État, pour discuter de problèmes tribaux. Dent se mit à gémir avec vigueur, puis elle partit avec la mère de Thad pour aller chercher Colombe et les enfants, car Colombe n'aimait pas sa belle-famille. Ils arrivèrent une heure plus tard. John Scott se retrouva assis sur le canapé entre Dent et sa nièce qui, toutes deux, poussaient des gémissements sonores, sans commune mesure avec les manifestations de douleur des Blancs lors des enterrements ou des veillées funèbres.

Colombe se demandait d'une voix stridente ce qu'elle allait devenir avec ses enfants. La mère de Thad lui dit de se taire, puis Dent et elle l'emmenèrent à la chambre d'amis, près de la cabane de la pompe. Elles allaient tout nettoyer dans cette grande chambre, Colombe et ses petits chéris s'y installeraient avec eux dès qu'on aurait monté les cloisons d'une salle de bains. Colombe pourrait participer aux travaux de la ferme durant la convalescence du père de Thad. Emily suggéra que ces petits enfants auraient vraiment besoin d'une figure paternelle et que Thad ferait très bien l'affaire. « Le rêveur ? » s'étonna Colombe. Tout le monde éclata de rire. Colombe et Dent furent grandement soulagées par cette décision d'accueillir la petite famille, en partie parce que Colombe détestait sa belle-famille. L'idée de jouer au papa avec les deux chenapans tout en travaillant à la ferme plut beaucoup à Thad.

Maintenant, John Scott et lui préparaient le petit déjeuner pour tout le monde. John Scott dit que, sixième fils d'une famille paysanne sans fille, il avait dû aider sa mère à cuisiner et qu'il y prenait plaisir. Il était agréable de préparer un rôti de porc pour le déjeuner au lieu de se geler le cul en octobre. Mais ce qu'il préférait c'était de faire les petits pains et les miches. Emily, incapable de casser un œuf, gênait plus qu'autre chose, et on lui demanda de couper des saucisses en rondelles. Colombe poussa Thad afin de préparer de grandes omelettes au fromage et il rejoignit le canapé pour garder sur ses genoux les enfants qui se bagarraient. Ils riaient aux éclats en essayant de se mordre. Il avait toujours regretté de ne pas avoir de sœur, mais il constatait maintenant la combativité des filles. Ils avaient beau avoir à peu près la même corpulence, elle se battait mieux que lui, telle une lionne contre un lion.

Quand le petit déjeuner arriva, agrémenté d'une grande poêlée de pommes de terre frites, Colombe était apaisée par la perspective de vivre dans un bel endroit avec des gens qu'elle aimait, y compris sa tante. Les enfants sentent que les grands-mères sont des mères de substitution, et les deux bébés furent aisément mis au pas par Dent, là où Thad venait d'échouer.

Thad et John Scott sortirent sur la véranda pour regarder la rivière, la seule échappatoire possible. John Scott émit d'un ton léger l'idée que Thad aurait peut-être besoin de financements.

« Ce serait sans doute inapproprié, répondit Thad. Depuis l'époque de mon arrière-grand-père, nous sommes fiers de garder la tête hors de l'eau ici.

— Pourquoi ne pas aller à l'université ? Ça coûte trente ou quarante mille dollars par an. Je paie les études de tous les membres de l'ancienne équipe de football d'Emily. Nous les avons recrutées à Chicago dans les quartiers du tiers-monde. Elles sont plus rapides et elles ont la niaque.

— J'aurai peut-être une bourse pour entrer dans une bonne fac.

— Mais peut-être pas.

— La biologie marine et l'océanographie ne sont sans doute pas les choix les plus rationnels, mais j'adore ça.

— Tu es l'ami d'Emily. Et dans un sens presque religieux, je crois à l'éducation et je finance des études, car j'en ai les moyens. Imagine à quoi ressembleraient les membres du Congrès s'ils avaient fait des études !

— Ça me dépasse. » Thad éclata de rire. Il réfléchissait en silence à la journée du lendemain, le 4 juin, dit « Jour de la Tomate », le premier jour de l'année à peu près garanti sans gel.

Thad avait examiné les deux cents tuteurs en bois, longs d'un mètre cinquante, qui l'attendaient. Il espérait commencer à cinq heures du matin et finir en une seule journée. Laurie voulait venir lui donner un coup de main, comme les deux dernières années. La mère de Laurie et elle s'occupaient chez eux du jardin floral, et pour son père la culture des légumes était une activité répugnante, réservée aux prolétaires. La mère de Thad allait chercher son mari à l'hôpital de Grand Rapids dans la matinée. Elle s'était inquiétée du coût des soins médicaux, mais l'avocat la rassura en lui disant qu'ils feraient l'objet d'un procès gagné d'avance. John Scott roupillait. On viendrait le chercher pour qu'il prenne son avion à destination de Chicago dans quelques heures. Colombe et Dent s'activaient à préparer un déjeuner qu'ils partageraient vers midi. Thad regarda John Scott endormi et se dit que, même si tous les Américains semblaient désirer la richesse, il n'était sans doute pas facile d'être à la fois très fortuné et lucide sur l'état du monde. Comment faire pour aider autrui, si une telle chose était possible ? Des articles parus dans la presse récente montraient que des hommes tels que Warren Buffett et Bill Gates semblaient préoccupés par leur fortune colossale.

Emily arriva sur la pointe des pieds. Elle portait un minuscule maillot de bain et voulait se baigner dans la rivière. Il faisait une chaleur hors de saison pour un début juin, et elle écrasa un moustique sur son bras. Les pensées de Thad battaient la campagne. Il revenait sans cesse aux mystères jumeaux de l'attirance sexuelle et des bébés aquatiques qu'il avait vus. Avait-il tort de cacher leur beauté aux êtres qu'il aimait ? Sans doute. La vie de Laurie était pourrie par son ignoble père. Par une coïncidence, le téléphone de Thad sonna alors, le nom de Laurie s'afficha sur l'écran et il répondit, mais c'était le père de son amie, qui se mit aussitôt à hurler que, si jamais sa fille témoignait contre lui, il la déshériterait, si bien que Thad allait coûter des millions de dollars à sa fille unique. Thad rétorqua en blaguant que ça ferait beaucoup de bien à Laurie de travailler pour gagner sa vie. Friendly Frank, maintenant fou de rage, déclara que, si Thad ne retirait pas ses plaintes et si son père ne le faisait pas non plus, alors ils couraient de graves dangers. Thad répondit qu'il allait transmettre avec plaisir ces menaces au procureur. L'homme se remit à hurler, puis il y eut un cri strident. Laurie prit le téléphone des mains de son père, puis s'enfuit en disant qu'elle espérait sortir ce soir après le dîner mensuel *spécial gourmet* offert par son père. Elle ne pouvait pas laisser sa mère toute seule et sans défense, alors que son père se montrait particulièrement impétueux durant ces dîners où les dizaines d'invités apportaient autant de plats. Le cuisinier, un Lyonnais qui faisait un doctorat à l'université du Michigan, travaillait à mi-temps comme traiteur pour de riches Américains tels que Friendly Frank.

Thad se mit en slip, nagea avec Emily et assura la sécurité de la jeune fille, car de l'autre côté de la rivière le courant était rapide. Il y avait une anse parmi les fourrés, où ils purent se caresser à loisir, et plus encore. Le sport avait musclé Emily, qui semblait néanmoins gracile. Thad jugea préférable de montrer les bébés aquatiques à Laurie. En effet, pour éviter ses parents, elle avait grandi parmi les vastes parcelles boisées situées derrière leur maison ; et comme elle étudiait la nature, elle trouverait les bébés aquatiques moins inquiétants.

Dent et Colombe avaient préparé un ragoût de gibier pour déjeuner, un plat qui parut français à John Scott. Dent expliqua que de nombreuses Chippewas avaient épousé des Canadiens français, y compris sa propre grand-mère qui épousa un Montréalais travaillant dans l'industrie du bois de construction. Étant allée une fois en France, elle racontait volontiers aux membres de la tribu que les Français mangeaient des serpents, quand il s'agissait en réalité d'anguilles.

Emily fit des pieds et des mains pour participer à la plantation des tomates. Elle adorait en manger, mais ne connaissait strictement rien à leur culture. Thad assura à John Scott qu'il serait de retour à Chicago dès que la situation se serait calmée. John

Scott déclara qu'Emily louerait une voiture et qu'ils pourraient suivre la route de la côte, ou bien passer par la péninsule Nord et redescendre par le Wisconsin. Il avait un jour possédé une jolie petite ferme dans le nord, près de Ladysmith dans le Wisconsin, mais, expliqua-t-il, il avait alors eu une *liaison* avec une femme, qui l'avait poursuivi jusqu'à Chicago, et afin de lui échapper il avait dû vendre cette ferme.

Grassouille et Zizi chahutaient, se battaient et se mordaient, tandis que Colombe et Dent, épuisées, débarrassaient la table après le repas. La mère de Thad, qui se faisait du mauvais sang pour son mari blessé, avait rejoint sa chambre. Grassouille et Zizi n'avaient jamais eu droit à une vraie cérémonie de consécration de leurs prénoms. À presque trois ans, Grassouille mangeait trop et était très coriace ; Zizi, qui en avait presque quatre, avait été ainsi nommé par Dent à cause de sa propension à se toucher le pénis, comme tant de petits garçons. Ils sentaient le vide consécutif au décès de leur père. Que peuvent bien savoir de la mort les petits enfants ? Thad tenta de s'occuper d'eux, il leur lut plusieurs fois *Bonne nuit, la lune,* l'une de ses histoires préférées. Les deux gamins s'endormirent au fond de leur grand lit tout récemment installé dans les nouveaux quartiers aménagés pour eux par la mère de Thad. Puis Thad retourna à sa lecture du moment, *Les Processus fluviaux en géomorphologie,* un texte fondamental pour les fanatiques de l'eau. Juin est un mois difficile pour les enfants, car au voisinage du solstice d'été il fait encore jour quand arrive l'heure du coucher, et ils trouvent donc injuste de devoir se mettre au lit alors qu'il y a encore de la lumière dehors. Quand l'avion de John Scott fut passé deux fois en rase-mottes au-dessus de la ferme, Zizi cria « Oiseau ! » et Grassouille hurla « Avion ! ». Puis elle sauta sur le dos de Zizi, le cloua au sol et le roua de coups de poing. Grassouille se considérait de toute évidence comme la gouvernante de son grand frère et la reine de l'ordre universel.

Vers dix heures et demie, il entendit Laurie crier de l'autre côté de la rivière. Il alla la chercher en barque et apprit une sombre histoire. Thad, sa mère, Emily, Colombe, Dent s'assirent avec elle à la table de la cuisine. Au dessert du dîner *spécial gourmet*, l'insupportable avocat de Friendly Frank avait commencé à envoyer des piques à Laurie à propos de son possible témoignage contre son père. « Ne m'adressez pas la parole », lui dit-elle. Son père lui avait alors balancé le soufflé en plein visage, le bord du plat lui brisant le nez. Tous les convives s'en allèrent, outrés, sauf bien sûr l'avocat. Laurie avait les deux yeux au beurre noir.

« Tu aurais dû le laisser se noyer, regretta la mère de Thad.

— Dès la prochaine saison de chasse, je descends cet enculé, proposa Dent. Je sais où il crapahute. »

Emily prit dans ses bras Laurie qui tremblait comme une feuille et Thad se mit à ruminer tandis que sa mère se servait un verre. Il se sentait à la fois impuissant et prêt à tuer. Il ferait en sorte que le procureur apprenne ce qui venait d'arriver à un témoin.

Debout à quatre heures du matin, Thad prit son café dans les premières lueurs de l'aube, sur la partie est de la véranda. Il entendit le tracteur et alla aider sa mère à charger sur la remorque les plants de tomate empilés près de la serre où elle avait commencé de les cultiver début mai. Colombe lui apporta un sandwich aux œufs, qu'il mangea très vite, puis il se mit à ficher en terre les deux cents tuteurs. La marche à suivre était assez simple : on attachait le plant de tomate au tuteur avec le genre de lien qui servait aussi à fermer l'emballage des miches de pain. Thad envisageait cette journée avec optimisme. Beaucoup de gens ignorent combien un travail physique harassant rend parfois euphorique, mais d'après Thad il n'y avait rien de tel qu'une bonne heure de natation. Tout le monde redoutait un peu les trente-deux degrés Celsius prévus par la météo, et Mère décréta qu'ils arrêteraient de travailler à midi pour finir le lendemain. Colombe leur préparerait un pique-nique, puis ils remonteraient la rivière jusqu'à l'étang des bébés aquatiques. Thad avait décidé d'accorder une confiance aveugle à tous les membres de son équipe de planteurs de tomates. Et il sentait aussi au fond de son ventre le mystère de la sexualité.

Il avait laissé son lit à Emily et Laurie, et il dormait dans le fauteuil de lecture basculé en position allongée. Quand il se réveilla et alluma une petite lumière, elles étaient serrées l'une contre l'autre sous un drap, la main d'Emily sur Laurie, dont le visage énormément enflé depuis la veille lui rappela ses propres traits après que le père de Laurie l'eut frappé. Cet homme débordait d'une violence inexplicable, même avec ceux qu'il était supposé aimer. Le drap défait dévoilait la moitié de leurs corps et, alors que Thad somnolait encore, cette vision lui coupa le souffle, puis elle se mêla à son besoin de voir les bébés aquatiques l'après-midi même, encore un mystère qu'il n'arrivait pas à comprendre. Il fut distrait par un vieux fantasme : faire le tour de Manhattan à la nage. Il avait récemment étudié les courants autour de l'île, et ce périple tenait de l'exploit pur et simple.

Presque toutes ses séances de natation se déroulaient dans une nature quasi sauvage, mais la perspective de longer à la nage d'immenses gratte-ciel et des millions de personnes l'excitait. En tant qu'étudiant du monde naturel, il n'ignorait pas les œuvres de l'homme, qui selon lui appartenait aussi à la nature, c'était du moins ce qu'affirmait Shakespeare, que Thad trouvait tout aussi mystérieux que la passion dévorante de sa mère pour Mozart.

Il travaillait dur et vite dans la chaleur matinale, le corps couvert de sueur. De temps à autre, sa mère lui pulvérisait de l'anti-moustiques sur la peau. Les moustiques, au vrombissement continu et insupportable, aimaient les matinées calmes et humides. Il tenait les tuteurs pour les enfoncer bien droit. Les autres membres de l'équipe arrivèrent à huit heures du matin en frottant leurs yeux toujours endormis, puis ils partirent au pas de course. C'était vraiment formidable, pensa-t-il, de savoir que leur travail allait aboutir à de belles tomates rouges bien mûres. Ils en vendraient cent boisseaux aux citadines qui aimaient toujours mettre leurs tomates en conserves dans des rangées de bocaux en verre.

À onze heures, ils avaient fait la moitié du travail et ils décidèrent de continuer tambour battant, quitte à sauter le déjeuner au profit d'un pique-nique en milieu d'après-midi, mais ils firent une pause pour se rafraîchir en piquant une tête dans la rivière. Plutôt que de regarder Emily et Laurie, il se consola en pensant à tout ce que sa mère lui avait raconté sur les grandes villes qu'elle avait visitées, Londres, Paris et New York, alors qu'il bouillonnait de questions sur les possibilités de nager dans la Tamise, la Seine ou l'Hudson. Il ne se troubla pas en apprenant que ces fleuves étaient sales, car les mères sont toujours d'une grande prudence, et puis il avait déjà nagé dans maints cours d'eau boueux. Il décida que le contact de sa peau avec ces trois fleuves mettrait de l'ordre dans sa vie, avant de plonger dans les grands fleuves de l'Ouest américain. Ses économies étant inférieures à trois mille dollars, il lui faudrait peut-être attendre pour voyager aussi loin. Il avait néanmoins conscience que, s'il capturait et vendait un bébé aquatique, tout serait possible, mais une telle trahison dépasserait en horreur le baiser de Judas et la crucifixion du Christ. Cette perspective le plongea aussitôt dans un abattement comparable à sa dépression de mars et avril.

C'était déjà terrible de ne pas pouvoir nager, mais en plus il ne pouvait même pas goûter au ski de fond, une sorte d'exercice physique de substitution. Tandis que la neige fondait et qu'il ne pouvait plus glisser à flanc de colline ni parmi les forêts, le découragement s'empara de lui. Certains êtres doivent brûler s'ils ne veulent pas se liquéfier. La haine constitue parfois un bon carburant et, lorsqu'il regarda Laurie, Thad sentit croître en lui la haine du père de son amie, ainsi qu'une sorte d'épuisement. Une part de l'aspect le plus maléfique des hommes maléfiques, c'est qu'ils vous font les haïr.

Maintenant, en début d'après-midi, il échafaudait des scénarios de meurtre. Ainsi, à la fin de l'été, il voyait souvent Friendly Frank pêcher la truite brune en compagnie d'un guide. Certains terrains donnaient directement sur la rivière et les champs engendraient des milliers de sauterelles, que les truites de rivière dévoraient avec appétit dès que ces insectes tombaient dans l'eau. Beaucoup de gens tiraient profit de ce phénomène. Thad imagina qu'il se cachait derrière un gros rocher au-dessus des rapides, et quand le guide arriverait avec Friendly Frank il nagerait sous l'eau jusqu'à leur barque ; dès qu'ils auraient atteint le bon endroit, il calerait ses pieds contre le fond de la rivière et ferait chavirer le bateau. Les règlements de pêche et de chasse stipulaient que le guide devait toujours porter un gilet de sauvetage, mais pas Friendly Frank, qui de toute façon se situait au-dessus des lois. Le guide en réchapperait donc, mais vingt-quatre heures plus tard Friendly Frank aurait beaucoup enflé.

Son fantasme de meurtre le laissa nauséeux et tout retourné. De quel droit pouvait-il tuer quelqu'un ? Il avait presque fini de planter les tuteurs, sa mère était partie chercher son père à l'hôpital de Grand Rapids et tous deux seraient de retour dans une heure. Laurie se débrouillerait pour diriger l'équipe des planteurs de tomates. Thad prit dans chacun de ses bras Grassouille et Zizi qui cassaient les pieds de tout le monde. Zizi avait décidé de hurler sans interruption : « Je veux mon papa ! » Il se dirigea vers l'amont de la rivière et l'étang aux bébés aquatiques. Emily le suivit et, après quelques centaines de mètres, le soulagea du poids de Zizi. Grassouille captura alors une petite couleuvre, dont elle tourmenta son frère qui ne supportait pas les serpents. Il se mit à pleurer toutes les larmes de son corps. Thad lança la couleuvre dans la rivière toute proche, puis Grassouille s'écria d'une voix indignée qu'elle venait de perdre son animal de compagnie préféré.

« C'est l'inconvénient d'être parent, dit Emily. Mais je veux toujours avoir un bébé si tu es d'accord.

— Nous attendrons que je gagne ma vie.

— Espèce de connard ! C'est pas de ma faute si j'ai de l'argent. Je suis née comme ça.

— Désolé. Je ne veux pas de ton argent, je veux ton cul.

— Pourquoi pas maintenant ? »

Les enfants trottinant loin devant eux sur le sentier, Emily fit un détour derrière un énorme érable pour se faire baiser debout.

Ce n'était pas la forme d'amour la plus gratifiante et quand Thad tomba à la renverse dans les taillis, Emily le considéra d'un air amusé.

Thad se déshabilla très vite, puis il entra dans l'étang, craignant que les bébés aquatiques ne se soient échappés dans la rivière, mais ils étaient là, peut-être une douzaine réunis dans la partie la plus reculée du plan d'eau, dérivant dans un rai de lumière et observant sa lente approche. Emily le suivit, mais soudain inquiète elle se retourna en les voyant et se mit à battre des bras. Quand il tendit les mains vers eux, l'un se pelotonna entre ses paumes. Il le montra à Grassouille et Zizi. Le petit garçon hurla d'horreur, mais Grassouille le caressa en poussant des petits cris de ravissement. Thad remit le bébé aquatique au milieu des autres et sortit de l'étang. Toute pâle, Emily le dévisagea d'un air interrogateur.

« C'est mon secret, annonça-t-il. Ce sont les bébés aquatiques comme dans la vieille histoire. Dent affirme qu'ils se développent à partir de l'âme des nourrissons défunts.

— Je ne crois pas pouvoir supporter une chose pareille », se plaignit Emily.

Alors Grassouille se jeta dans l'étang et Thad l'y suivit. Elle savait nager, il n'en doutait pas, mais il ne l'avait jamais vue s'aventurer aussi profond sous l'eau. Elle se retrouva bientôt au milieu du cercle des bébés aquatiques qui caressèrent cet être humain miniature comme s'il s'agissait d'un chiot. Il décida alors de ne les montrer à personne d'autre lors du pique-nique prévu pour l'après-midi, mais d'emmener peut-être Laurie à l'étang un de ces prochains jours. Elle méritait sans aucun doute cette splendide diversion à ses soucis. Au lieu d'entretenir d'autres pensées meurtrières, il ferait mieux de compter sur la débâcle légale de Friendly Frank. Le téléphone portable d'Emily sonna : on leur demandait de rentrer à la ferme pour le pique-nique, car sa mère venait d'arriver avec son père, qui était encore incapable de marcher aussi loin le long de la rivière.

DEUXIÈME PARTIE

Thad et Emily restèrent encore dix jours à la ferme, puis ils louèrent une voiture pour rentrer à Chicago, peu désireux de prendre l'avion de John Scott et lui préférant un lent voyage. Thad devrait y retourner en août. Les radiographies utilisées comme preuves révélèrent une dizaine de petites fractures de sa pommette. « Tu as dû souffrir affreusement », dit le médecin, et Thad répondit simplement : « Oui. » À la table de pique-nique, le père de Thad fut bouleversé en découvrant les yeux tuméfiés de Laurie. Dent lui tapota la main et annonça d'une voix forte : « À la prochaine saison de chasse, je vais descendre ce fils de pute avec mon fusil de calibre 30.06. Trop c'est trop. » Personne ne moufta. « Je vais lui exploser la caboche. J'appelle ça limiter les dégâts. »

Tout en mastiquant un morceau de délicieux poulet grillé, Thad pensait que les humains sont mal préparés aux miracles. Une telle confrontation constitue un choc trop violent et l'âme humaine n'a pas assez de place pour la tolérer. Que se passe-t-il quand nous sentons et voyons l'éternité dans la banalité du présent ? Que devait-il faire des bébés aquatiques ? Absolument rien. L'idée populaire selon laquelle les créatures sauvages ont toujours besoin de notre aide lui répugnait. Il leur rendrait une nouvelle visite en août, au moment de se présenter devant le tribunal. En attendant, il lui fallait retrouver un semblant d'équilibre dans sa vie de tous les jours. Ils dépassaient Ludington, une ville merveilleuse située au bord du lac Michigan qui chaque fois lui coupait le souffle. Un ami très cher avait jadis habité ici. Il le connaissait très bien, car tous deux couraient le huit cents mètres dans des lycées différents. Ils terminaient d'habitude au coude à coude, y compris lors de la finale de l'État, quand son ami gagna d'un cheveu. La semaine suivante il mourut noyé, emporté par une vague sur la jetée de Ludington, puis entraîné vers le fond par un violent courant. Dans toute la région des Grands Lacs, des adolescents et des jeunes gens chevauchent d'énormes vagues, parfois avec succès.

Lorsqu'il raconta cette triste histoire à Emily, elle fut bouleversée par la nature effrayante de ces grosses vagues. Les garçons prenaient-ils ces risques pour montrer leur courage ? Thad, qui n'avait pas grandi sur la côte, n'en savait rien. Il y avait des dizaines d'exemples de comportement téméraire. Il se rappela un guide de montagne arrivé au sommet de l'Everest et appelant ses enfants de son portable pour leur dire que papa ne pourrait jamais rentrer à la maison. Le plus incompréhensible pour Thad, c'étaient les courses automobiles où tant de pilotes trouvaient la mort. La vitesse de la nage lui suffisait, même si le nombre des noyades n'était pas négligeable.

Emily mit la religion sur le tapis et ils essayèrent de rester légers. Sa grand-mère, une évangélique radicale, avait quelque peu traumatisé son père qui considérait le monothéisme comme un des plus grands maux de l'humanité, responsable de tant de guerres et d'assassinats purs et simples. Thad rétorqua que ses propres parents autorisaient Dent à l'emmener à l'école du dimanche. Elle avait grandi dans une réserve de l'Ontario dirigée par un missionnaire épiscopalien, elle trouvait que la résurrection était une idée « formidable », alors que la mère de Thad, agnostique, respectait une éthique stricte.

Quant à lui, il nourrissait une spiritualité tout à fait excentrique, fondée sur l'ensemble de ses lectures en sciences de la vie et en astronomie où tout semblait trop monstrueusement imbriqué pour être accidentel, que ce soit la vision des oiseaux et leur migration, ou la simple existence de quatre-vingt-dix milliards de galaxies. On ne pouvait pas se contenter d'un cynisme facile en ce domaine, malgré le comportement ridicule des évangéliques et des mormons, ou l'histoire de l'Église catholique et son mépris de toute vie *morale*.

Un professeur d'histoire, dont il pleurait la perte et qui s'était fait virer à cause d'innombrables procès-verbaux pour conduite en état d'ivresse, disait que le fil rouge du génie qui reliait Mozart, Caravage et Gauguin était de nature divine, quel que soit le sens de ce mot. Selon lui, le mode d'emploi global de notre culture était absolument répugnant. Il avait appris de bonne heure à ne pas essayer à tout prix de formaliser ses perceptions les plus intéressantes, de peur qu'elles ne stagnent. Tout cela ne suffisait sans doute pas à constituer une religion, mais il s'en fichait, en partie car il était encore jeune. Son premier amour, la nage, n'était certes pas éternel, mais la terre et toutes les créatures, humaines ou autres, ne l'étaient pas non plus.

Durant toute cette discussion, les traits d'Emily conservèrent la même moue perplexe et crispée. Au cours de leurs moments de tranquillité, elle évoqua plusieurs fois les six mois où elle avait travaillé dans un orphelinat dirigé par une cousine, dans la partie sud et ingrate du Kenya. Elle adorait s'occuper d'enfants et leur apprendre à lire. Ce fut une période merveilleuse, qui remontait déjà à plusieurs années, avant qu'Emily entre à Sarah Lawrence, et elle s'était mise un an en congé de tout *apprentissage*. Elle se sentit *comblée* par ce travail.

Le désastre arriva au printemps, quand la cousine d'Emily et son petit ami noir décédèrent du sida, et maintenant la moindre velléité d'Emily de retourner en Afrique mettait son père dans tous ses états.

Emily comprenait parfaitement que, si son père était ravi qu'elle ait choisi Thad pour petit ami, c'était parce qu'il redoutait l'Afrique comme la peste. Dans l'esprit de Thad, tout cela s'entremêla au décès de son ami de Ludington et à l'impression étrange qu'il avait ressentie en portant le cercueil avec cinq autres jeunes gens à partir de l'église méthodiste. Sans surprise, ces associations d'idées le convainquirent qu'il devait de toute urgence mettre sa vie sur des rails. Ce désespoir lié à notre caractère mortel est toujours ressenti à la mort d'un proche, même le mari de Colombe. Son cerveau semblait un peu sous le coup des événements de ces derniers mois. Sa mentalité était aux antipodes de celle du soldat, car tout ce qui était lié à la violence, et jusqu'au simple fait d'en parler, lui faisait horreur. À la grande consternation de son entraîneur de football au lycée, il avait refusé de jouer le jeu, mais l'entraîneur avait besoin de la vitesse et de la puissance de Thad. Il battit le record du lycée pour monter tout en haut de la corde lisse accrochée au toit du gymnase à la seule force des bras. On ne se servait pas des jambes, seulement des bras et des épaules. Il comprit alors que les entraîneurs ne s'intéressent qu'à eux-mêmes et à leur carrière enjolivée par les joueurs costauds et rapides.

À Emily, il confia l'événement le plus important de sa vie, qui s'était produit quand il avait huit ans. Avec ses parents il était parti au Texas en voiture, l'avion étant trop cher, pour une réunion de famille du côté de son père. Un jour, dans l'est du Texas, ils traînaient dans la célèbre librairie d'occasion de Larry McMurtry et il repéra un énorme livre publié en Angleterre et intitulé *Les Fleuves de la terre*. Dévoré par la curiosité, il convainquit non sans difficultés ses parents de le lui acheter. Thad fut éternellement reconnaissant à sa mère qui avait insisté pour qu'il ait ce livre. Sa mère disait souvent que c'était déjà bien assez dur pour un jeune garçon d'habiter une ferme isolée, et qu'on ne devait pas lui refuser de lire des bons livres. Une fois par semaine elle se rendait à la bibliothèque où Thad l'accompagnait d'habitude. Un dimanche, la bibliothécaire très laide vint déjeuner et annonça qu'elle souffrait d'un cancer mortel du pancréas. Elle ne voyait aucun inconvénient à mourir, dit-elle, mais aucun homme ne l'avait jamais embrassée. Le père de Thad, assis à la table du déjeuner, prit alors cette femme entre ses bras, l'embrassa violemment, puis fondit en larmes. Pour une raison inexplicable, tout le monde rit. Sa mère l'encouragea à lire Emily Brontë, Sherwood Anderson et Dostoïevski, un choix certainement disparate, mais bourré d'émotions puissantes qui poussèrent fréquemment Thad à aller nager dans la rivière. Ce jour-là, après un déjeuner où les adultes avaient bu trop de piquette californienne, Thad sortit sur la véranda, suivi de la bibliothécaire. Il se déshabilla pour aller nager, ne gardant que son caleçon. Quand il entendit la femme dire : « Tu as un corps superbe », sa gorge se noua. Comment peut-on se sentir gêné en nageant sous l'eau ? Ce fut pourtant le cas, et il retint son souffle le plus longtemps possible avant de refaire surface très loin vers l'aval. Il se rappela son père lui conseillant de ne pas trop se ramollir, mais il se dit alors qu'il ne deviendrait sûrement pas trop mou si tous les autres étaient trop durs. La cruauté de la vie était souvent terrifiante. Pourquoi cette bibliothécaire n'était-elle pas un tout petit peu plus séduisante ? Quel but poursuivait donc l'évolution en enlaidissant cette personne par ailleurs délicieuse ? Comment renoncer à se poser ces questions brûlantes ? Deux années de suite, il avait emmené une fille au bal annuel du lycée parce qu'aucun autre garçon ne voulait le faire.

« Tu ne peux pas prendre tout ce qu'on te dit pour argent comptant, répétait souvent son père. Il te faut interroger la nature de toute chose. »

Malgré leur jeunesse, tant Emily que Laurie semblaient ne vouloir que lui comme partenaire, mais il avait remarqué que les garçons et les filles de son lycée changeaient d'avis comme de chemise. Même sa mère avait paru charmée par le paysan finlandais célibataire qui vivait un peu plus bas en aval. Mais Thad était certain qu'il était plus raisonnable de se mettre en ménage avec Colombe, dont les deux enfants avaient besoin d'un père. Il comprenait qu'autrefois on procédait ainsi dans les familles élargies. En amour, le groupe comptait davantage que le choix individuel. Dent désirait que sa nièce épousât un paysan indien plus âgé, un gros propriétaire terrien dans la partie nord du comté, à une cinquantaine de kilomètres de l'île sur la rivière. La survie matérielle des enfants de Colombe intéressait davantage Dent que le bonheur de sa nièce qui, selon elle, n'était pas née pour être heureuse. Il ne s'agissait pas là d'un jugement, mais d'une simple intuition de la nature profonde de Colombe.

Les contradictions de sa propre personnalité avaient toujours stupéfié Thad. Une moitié de lui-même désirait simplement rester à la ferme pour devenir paysan, mais l'autre moitié était obsédée par l'eau et depuis une décennie lisait et relisait *Les Fleuves de la terre*, tout en ayant étudié les cartes de toutes les grandes métropoles où il pourrait exercer sa passion : Hong Kong, Calcutta, New York et Los Angeles ainsi que sa ville natale. Il trouvait merveilleux que John Scott désirât l'aider à s'inscrire en fac, mais tout au fond de lui-même il redoutait que cette aide ne vire au contrôle pur et simple. Les gens veulent vous aider à faire ce qu'ils ont envie de vous voir faire. Ainsi, tant Laurie qu'Emily désiraient domestiquer Thad pour se l'approprier en bien propre. Il se souvint alors qu'en cours de biologie il refusait d'épingler les papillons dans leur boîte. Il avait seulement envie de voir les papillons voler, et certes pas de collectionner des insectes morts. À quoi bon tuer un papillon pour le nommer alors qu'on connaît déjà son nom ? Et pourquoi se laisser soi-même épingler avant qu'on n'ait appris à voler de ses propres ailes ?

Il sentit la panique l'envahir lorsqu'il entra dans la cuisine où Colombe préparait un ragoût de veau. Elle se retourna vers Thad et lui dit : « Faisons un bébé ensemble. — Sûrement pas », répondit-il. Par chance, son père arriva de sa chambre. Il semblait aller un peu mieux. « À l'hôpital, j'ai eu l'impression d'être un clou enfoncé dans le ciment », dit-il en buvant une bière et en savourant le sandwich que Colombe venait de lui préparer. Elle entraîna Thad sur la véranda.

« Je suis juste inquiète que tu partes à Chicago et que tu épouses Emily parce qu'elle est riche et que tu seras pas obligé de travailler.

— Non, j'envisage de sauter ma dernière année de lycée et de m'inscrire directement en fac. Le proviseur a dit que j'en étais capable. »

Comme d'habitude quand il se sentait tourmenté et que le temps le permettait, il était parti nager dans un grand bassin profond de la rivière, non loin de la ferme. Pour le cours de biologie il avait rédigé un devoir sur ce bassin et sa nombreuse population de truites. Le professeur transmit ce devoir aux responsables d'une revue de pêche à la truite du Michigan, mais sans la permission de Thad, ce qui l'agaça beaucoup. Comme il s'y attendait, il fut harcelé par des pêcheurs dès le début de la saison, mais il refusa obstinément de divulguer l'emplacement de ce paradis, en déclarant que ce serait comme de vendre sa fiancée. Le recensement effectué par Thad était surprenant, car ce vaste bassin de la rivière, long d'une trentaine de mètres et large de vingt, contenait une bonne centaine de truites communes, dont plus de la moitié assez grosses et arrivées à maturité, et une demi-douzaine énormes, trois poissons de plus de dix livres y ayant élu résidence en restant aussi éloignés que possible les uns des autres. La présence de Thad ne les perturbait pas, et il réussit à les observer de près. Les amateurs l'enquiquinèrent longtemps, car tout pêcheur de truites qui se respecte souhaite attraper à la mouche une pièce de plus de cinq livres, une prise de dix livres constituant le trophée d'une vie. Étant né et ayant grandi au beau milieu de la rivière, Thad était depuis sa plus tendre enfance un pêcheur aguerri qui lançait sa mouche pendant une courte période et jusqu'à quatre-vingt-dix jours d'affilée.

En arrivant dans la banlieue de Chicago avec Emily, il retrouva certaines des sensations jadis vécues alors qu'il était allongé sur le tarmac de l'aéroport de Meigs Field après sa longue traversée à la nage. Lui revint alors en mémoire l'image récurrente d'un rêve du plus vaste fleuve du monde, le Gulf Stream, ce fleuve océanique si gigantesque que le regard ne pouvait l'englober d'un bord à l'autre. Le Gulf Stream partait du golfe de Floride pour traverser l'Atlantique nord, passer au large de la Grande-Bretagne, tout en affectant profondément le climat de toute l'Europe. Il avait imaginé que, s'il souffrait un jour d'une maladie mortelle, il aimerait se glisser dans ce fleuve océanique loin au sud et nager avec le courant avant de disparaître.

Mais sa détresse présente avait des raisons singulièrement terre à terre. Quelques années plus tôt, alors qu'il était en troisième, sa passion de la nage avait beaucoup inquiété ses parents qui avaient organisé un rendez-vous avec le conseiller d'orientation de l'école, car il n'y avait aucun *médecin de l'esprit* dans une région où l'on considérait que les problèmes mentaux, aussi graves et nombreux soient-ils, ne méritaient pas qu'on dépense un seul dollar pour les régler. D'après Thad, ce conseiller d'orientation était un sombre crétin prétentieux, originaire d'Ann Arbor, qui, durant le cours de poésie américaine qu'il donnait, manifestait beaucoup de mépris pour Walt Whitman, un poète que Thad adorait. Ce rendez-vous se passa mal pour Thad et réussit même à le traumatiser. Car ce conseiller ridiculisa son amour de l'eau et de la nage. S'attendait-il à gagner sa vie grâce à l'eau ? Thad fut à deux doigts de sortir de ses gonds, mais il prit tout le monde par surprise en répondant que, oui, il avait l'intention de devenir hydrologue, c'est-à-dire spécialiste de l'eau. Les autres battirent un peu en retraite, mais le mal était fait. Humilié, il se tint à distance de ses parents durant deux semaines. Pourquoi lui avaient-ils imposé un tel bain de boue ? Parmi tous les boulots du monde, à quoi bon remettre en question son amour de la nage ? Les parents s'inquiètent bien sûr pour leurs enfants, mais il était certain de gagner très correctement sa vie grâce à son amour de l'eau. En tout cas, il ne se laisserait plus jamais ridiculiser de la sorte. Quand le conseiller le salua dans le hall d'entrée de l'école, Thad tourna la tête de l'autre côté. Et quand le sombre crétin lui hurla : « Sois poli ! », il lui cria : « Je t'emmerde ! » Il fut aussitôt convoqué devant le proviseur, lequel était un ami de Thad, car tous deux pêchaient la truite, et puis ce proviseur avait la permission de pêcher sur tous les sites poissonneux situés autour de l'île de la ferme. Il expliqua patiemment à Thad qu'un élève n'avait pas le droit de crier : « Je t'emmerde ! » à un conseiller enseignant. Thad manifesta du remords et promit d'écrire un mot d'excuses.

Toute cette expérience le convainquit de nager plus longtemps et plus loin ; il lut davantage et ajouta à ses ambitions celle de descendre le Rhône, en France, à la nage. Ainsi deviendrait-il sans doute un héros pour les jeunes Françaises. Lors d'un voyage à Ann Arbor, il avait vu au cinéma *Jules et Jim* avec la merveilleuse Jeanne Moreau, cette actrice apparemment dispensée des simagrées bavardes qui caractérisent tant de jeunes Américaines. Et maintenant, alors qu'ils arrivaient pour de bon à Chicago, tout ce qu'il désirait c'était d'être seul dans sa petite chambre et de ne plus entendre les jacasseries, d'habitude supportables, d'Emily qui s'inquiétait pour l'avenir, une obsession typique d'étudiants ainsi dissuadés d'accorder la moindre attention au présent. Thad avait tendance à être un peu maniaque. Quand le temps était passable, il travaillait quatre heures à la ferme chaque matin, nageait quatre heures l'après-midi, et le soir lisait quatre heures des livres sur la science de l'eau. La bibliothécaire locale le conseillait, tout en qualifiant les jeunes hommes des environs de « balourds mal dégrossis ».

Ils déchargèrent et déballèrent ses affaires, et il fut déçu à la perspective de devoir continuer jusqu'à Winnetka avec Emily et de dîner avec les parents de la jeune fille. Il avait tout simplement envie d'être seul, car il avait passé le plus clair de sa vie dans la solitude de la ferme, où les sons les plus bruyants étaient le gazouillis des oiseaux et parfois le bruit des machines agricoles, même si le ronronnement d'un tracteur n'avait rien d'irritant. Cette vie à la campagne le préparait mal au vacarme de la culture moderne, par exemple à un embouteillage à Chicago. Quand ils arrivèrent enfin dans le quartier d'Emily, les maisons cossues le mirent mal à l'aise. Et lorsqu'ils entrèrent dans l'allée circulaire d'Emily, comme elle avait déjà téléphoné pour prévenir de leur arrivée, ses parents les attendaient sur la véranda d'une très grande villa dont il reconnut le style Tudor anglais. Il se demanda pourquoi diable une famille de trois personnes avait besoin d'un logement aussi vaste et d'impeccables pelouses aussi étendues. Un phénomène similaire se produisait près de chez lui, dans le nord Michigan, sur des lotissements choisis où les riches de Detroit, de

Chicago et de l'Indiana bâtissaient des résidences secondaires luxueuses et surdimensionnées, dont la superficie habitable dépassait de beaucoup le besoin de ces habitants occasionnels. Il s'agissait de ce que le sociologue Thorstein Veblen appelait « consommation ostentatoire » : le besoin qu'éprouvent les privilégiés d'afficher leur richesse. Dans l'immense salon, John Scott lui expliqua que la cheminée avait été rapportée du Sussex, où on l'avait construite au quatorzième siècle pour un ancêtre de son épouse. Thad pensa qu'on aurait dû la laisser là-bas, puis il se reprocha de ne jamais être satisfait.

Dans le jardin de derrière il y avait tout un matériel de barbecue semblable à celui de Friendly Frank, le père de Laurie. Toute la journée John Scott avait fait mijoter une poitrine de bœuf au fumet délicieux, « une poitrine de bœuf du Kansas », précisa-t-il. Thad s'étonna de cette fierté culturelle tirée de la manipulation d'un gros barbecue, quand la plupart des citoyens américains se contentaient d'un modeste Weber. Au début, pensa-t-il alors, ce sont les petits garçons qui réclament le meilleur vélo, avant de grandir et de passer aux voitures.

Il parla longuement avec la mère d'Emily, qui se faisait un sang d'encre à cause des cambriolages alors qu'elle habitait une véritable forteresse. Cette attitude semblait typique des riches, dont la maxime prosaïque semblait être : « Je dois être complètement en sécurité. » Il ne se rappelait pas s'être jamais senti aussi déplacé dans une maison particulière. Chez ses

222

camarades de classe ou ses amis, ça sentait le pétrole du poêle, la bouse et le lait de vache dans l'étable et les écrémeuses, et puis il y avait toujours une légère odeur de boue et de merde de poule en provenance de la cour. Quand il rendait visite à une fille, il apportait toujours un bouquet de fleurs coupées dans le jardin de sa mère, une attention rare qui charmait toute la famille, car d'habitude l'horticulture semblait incompatible avec les travaux de la ferme. On croyait seulement à l'huile de coude et aux patates frites.

Il but trop de vin, mais, fidèle à la tradition familiale, n'en montra rien. Boire et faire comme si l'on ne sentait rien, jusqu'à ce que cette dissimulation devienne la vérité. Depuis longtemps il avait pour habitude de réfléchir au prix de tout, exactement comme ces gens qui doivent transformer la terre en dollars et en cents, ces gens qui sont affranchis des abstractions que l'argent tisse dans nos pauvres cerveaux. Combien de boisseaux de tomates ou de maïs doux nous faudra-t-il récolter pour repeindre la maison ? Bah, nous ferions mieux de la repeindre nous-mêmes durant nos loisirs inexistants. Nous peindrons donc l'été, après dîner, jusqu'au crépuscule.

Thad savourait la délicieuse poitrine de bœuf en buvant verre sur verre d'excellent vin rouge français, sans écouter Emily parler avec sa mère Élisabeth qui venait de recevoir un appel de sa sœur vivant à Paris. Pour dix jours en août, cette tante désirait échanger avec Emily son appartement de la rue Vaneau et la partie de la maison où elle avait grandi. Thad voyait bien que cette conversation était destinée à attirer son attention et l'on s'attendait de toute évidence à ce qu'il accompagne Emily en France. Emily et sa mère se levèrent pour débarrasser la table et, dès qu'elles furent hors de portée de voix, John Scott fixa sur Thad un regard insistant.

« Tu en penses quoi ? demanda-t-il.

— Je dois aller au tribunal en août.

— Je sais. Tu devrais me laisser te venger. Je me ferai un plaisir de ratiboiser ce connard.

— C'est personnel.

— Tu pourrais t'envoler pour Paris avec quelques jours de retard et t'offrir ensuite du bon temps à l'hôtel.

— J'ai l'impression de perdre pied. J'ai besoin de travailler et de gagner de l'argent.

— Tu vas passer toute ta vie à travailler. Pour ce voyage, c'est comme si tu touchais un salaire. Pourquoi refuser un séjour gratuit en France ?

— Je n'ai pas l'habitude de cette vie.

— Si jamais tu as une fille, tu comprendras ma demande. Elle est séduisante, mais aussi tête en l'air et innocente. Je la surprends tout le temps en train de parler avec des inconnus dans le centre-ville. Elle ne comprend rien à la nature des hommes prédateurs. Je suis vraiment très inquiet pour elle. Tu pourrais facilement la surveiller un peu. Elle m'a dit que tu as envie de nager dans plusieurs fleuves de France. C'est l'occasion rêvée.

— Laissez-moi réfléchir. » Thad se demandait s'il pourrait un jour aller quelque part par ses propres moyens. Il était enfin à Chicago, mais pas à New York, et il mourait d'envie de visiter le nouvel aquarium proche de San Francisco. Pour l'instant, il pouvait à peine se payer un billet pour rentrer chez lui sans piocher dans ses maigres économies. « À cause du procès, j'aurai quelques jours de retard.

— Bah, elle attendra un peu », répondit John Scott avec le plaisir manifeste de celui qui a gagné.

Juillet avança lentement, au milieu des soucis occasionnés par les appels téléphoniques de sa mère évoquant la dépression post-traumatique de son père. Le travail à l'entrepôt était pénible, mais comme beaucoup d'hommes Thad aimait se dépenser physiquement jusqu'à l'épuisement, car la fatigue relativisait ses tracas. Le premier jour, on le testa en lui demandant de nettoyer et de remballer toute une palette de sacs de fertilisant dont un grand nombre s'étaient ouverts durant le trajet. Il lui fallut porter un masque à gaz et il faisait très chaud. Tout le monde semblait au courant de sa relation avec la fille du patron, mais Emily l'avait plusieurs fois déposé au travail après qu'ils eurent transgressé la règle stricte de la propriétaire interdisant à quiconque de passer la nuit chez un de ses locataires.

Dès leur arrivée, ils eurent une petite discussion sur les plantes vivaces avec cette dame, surtout les pivoines, qu'elle adorait. Ils entrèrent dans la chambre et firent rapidement l'amour, après quoi il posa la tête sur les reins de sa chérie et, par la fenêtre, observa les fleurs au-dessus des fesses d'Emily, une vision merveilleuse. Son esprit abritait un assez agréable capharnaüm de pensées relatives aux bébés aquatiques. D'un point de vue naturaliste classique, ils se débrouillaient très bien tout seuls pour survivre. Les gros poissons ne semblaient pas les déranger, mais en tant que bébés humains ils arrivaient peut-être sur terre en pesant sept livres et ils étaient beaucoup trop gros pour intéresser les truites. Les loutres ne les effarouchaient pas davantage et s'arrêtaient parfois pour jouer. Néanmoins, lorsqu'un balbuzard survolait les bébés aquatiques, ils s'écartaient de son ombre et se rassemblaient sous le corps de Thad pour se protéger. L'intelligence primitive des oiseaux ne les reconnaissait peut-être pas en tant que bébés humains. Thad se demanda si, compte tenu de sa passion pour les sciences naturelles, il avait le droit de garder pour lui-même cet énorme secret. Chaque été, un grand nombre d'universitaires venaient pêcher dans la région, surtout des littéraires d'ailleurs. La grâce et la paix inhérentes à la pêche à la mouche semblaient attirer les écrivains. L'un d'eux en particulier lui plaisait bien, un poète qui étudiait à Michigan State et travaillait d'arrache-pied sur son doctorat, car il avait besoin d'argent pour nourrir sa petite famille de trois enfants. Puisque cette tâche le déprimait profondément, Thad y voyait une erreur. Ce poète buvait beaucoup trop à une flasque et il lui arrivait même de tomber à l'eau, mais il tenait toujours un bâton à la main et était assez costaud pour se relever. Il avait promis à Thad de lui envoyer un antique texte soufi intitulé *La Logique des oiseaux et des poissons*, mais ce livre n'arriva jamais et Thad n'en trouva aucune trace à sa propre bibliothèque locale ni sur Internet. Il se dit que le seul pêcheur à qui il aurait volontiers confié un secret était un vieux professeur émérite d'histoire naturelle de l'université du Michigan, à Ann Arbor. Le poète risquait de déblatérer tant et plus, mais ce vieux professeur garderait sans doute pour lui seul ce secret bouleversant. Comme beaucoup d'autres, il arrivait pour les sauterelles en août. Plus Thad réfléchissait, plus il se sentait honteux de ne pas partager son secret avec la communauté scientifique, même si les bébés aquatiques devaient en pâtir. Il était sûr d'avoir observé des vestiges d'ouïes sous leur menton, mais toutes les deux ou trois minutes, comme des mammifères marins, ils remontaient aussi respirer à la surface. À ce moment-là, ils se sentaient manifestement vulnérables, car ils aspiraient l'air très vite et très fort. Le plus grand mystère touchait à leur origine et, contrairement à Dent, Thad doutait de la réincarnation. Quand ils trouvaient un fœtus avorté ou un bébé malade et abandonné, s'en occupaient-ils ? Thad ne le saurait sans doute jamais.

Il travailla donc d'arrache-pied et devint très apprécié des autres employés. Lorsque John Scott rendit visite à l'entrepôt, il n'accorda aucune attention particulière à Thad, sachant très bien qu'un tel traitement de faveur lui aurait rendu les choses plus difficiles, comme dans le cas du chouchou du prof. S'il arrivait à l'heure du déjeuner, il achetait comme tout le monde un sandwich à la camionnette garée devant l'entrée. Ce petit commerce était tenu par une vieille Polonaise qui préparait des sandwiches somptueux et parfois des *pierogi* au beurre et à la crème aigre, dont elle remplissait des bols plastique. Quand on meurt de faim après un travail pénible, une saucisse de foie sur du pain de seigle avec des oignons et de la moutarde forte vous permet de tenir le coup jusqu'au dîner, à condition que la saucisse soit assez grosse. L'atmosphère détendue du déjeuner lui rappela les meilleurs moments passés à bavarder avec sa mère à la table de la cuisine, tandis que le père taciturne mangeait sur la véranda si le temps le permettait. Il avait ce « regard détaché de tout » qu'on remarque chez de nombreux vétérans du Vietnam, comme s'il se débattait pour régler ses comptes avec un passé encore trop douloureux pour être vraiment relégué dans le passé. Thad et sa mère échangeaient leurs impressions sur leurs lectures récentes, mais ils se hâtaient de retourner travailler à treize heures. Le déjeuner incluait souvent son plat préféré, un morceau de cheddar grillé avec des oignons crus. À la belle saison, ils mangeaient une assiettée de radis frais et de minuscules ciboules accompagnés de beurre et de sel.

Quand le père rentra de l'hôpital, Colombe lui fit des soupes car il avait perdu pas mal de dents au cours de l'agression. Un jour, il confia à Thad que ce qui lui avait le plus manqué au Vietnam, c'étaient les plats mexicains qu'il avait savourés toute son enfance au Texas. Pour finir il déclara que, lorsqu'on tire sur des gens qui te tirent dessus, la bouffe devient un élément crucial pour garder le moral, une chose essentielle qui t'ancre sur terre parmi les horreurs absurdes de la guerre.

Il revint à la question qui le tourmentait : que deviennent les gens qui ont assisté à un miracle ? Maintenant, fin juillet, à Chicago, il se sentit submergé par le mal du pays sans savoir de quoi il s'agissait vraiment. Il devinait qu'il ne pourrait jamais épouser Emily, car cette décision aurait signifié passer toute sa vie sous la coupe de John Scott. N'ayant lui-même aucun désir de manipuler les gens, il ne comprenait guère les brutes. À présent, il déplaçait d'autres palettes avec un chariot élévateur en mourant d'envie de désherber les plants de tomates, même si ces plants n'en avaient sans doute pas vraiment besoin, car on y avait mis beaucoup de paillis. Il avait sans arrêt une grosse boule dans la gorge et il désirait ardemment revoir ses bébés aquatiques. Et puis il croyait qu'il ne pourrait sans doute jamais prendre un avion pour Paris. Quand on se prépare intérieurement à son premier voyage à l'étranger, on se dit souvent qu'on ne reviendra peut-être jamais chez soi.

À la fin de la première semaine d'août il entra dans une salle de tribunal sans pouvoir imaginer un lieu plus sinistre, à l'exception de l'hôpital. Le jeune avocat qui les conseillait déclara que Friendly Frank et son juriste demanderaient sans doute un report d'audience, mais que le juge *de gauche* ne l'accorderait sans doute pas, car les accusations contre Friendly Frank s'accumulaient et l'opinion publique s'était résolument retournée contre lui. En fait, la salle était pleine à craquer, comme on dit, et un peu plus tôt au cours des témoignages, quand Friendly Frank déclara qu'il avait frappé Thad avec une massue parce qu'il venait de le surprendre en train d'agresser sa fille, Laurie s'écria : « Arrête de mentir, papa, c'est toi l'agresseur ! » et son cri stupéfia tous les gens présents dans la salle. Assez bizarrement, le juge pria les membres du jury de ne pas tenir compte de l'intervention de Laurie. Leur avocat fit son boulot et réussit même à retrouver le témoignage du médecin rencontré par Thad alors qu'il pêchait à l'embouchure de la rivière et qui décrivit avec force détails horribles la face tuméfiée de Thad. Au bout de trois jours de bavasseries, Friendly Frank fut condamné à un mois de prison ferme, un verdict dont son avocat fit aussitôt appel.

Ce soir-là, quand Thad parla avec le médecin, cet homme lui demanda s'il accepterait d'aller à Ann Arbor pour nager devant l'entraîneur de natation de l'université du Michigan. Thad comprit qu'il ne pouvait pas refuser, et le lendemain matin de bonne heure sa mère l'y emmena en voiture. Avant de partir, ils marchèrent vers l'amont de la rivière et l'étang. Thad se déshabilla, plongea et se retrouva bientôt nez à nez avec un bébé aquatique, qu'il souleva doucement hors de l'eau pour le montrer à sa mère. Entendant un cri, il remit le bébé dans l'eau. Quand il sortit de l'étang, sa mère était très pâle et il répéta lentement les paroles de Dent. Elle tremblait, mais certes pas de froid, et elle se mit à pleurer. « J'arrive pas à y croire », dit-elle, puis ils montèrent à bord de leur traversier de fortune pour rejoindre l'autre berge et s'installèrent dans la voiture.

Ils roulaient depuis une bonne demi-heure quand elle réussit enfin à s'exprimer rationnellement. Il répondit que, n'étant pas lui-même porté à la spiritualité, il n'avait aucune explication à lui proposer. En l'absence de toute autre alternative, il devait s'en remettre aux paroles de Dent. Nous sommes des êtres rationnels et il reconnaissait volontiers que cela nous limitait passablement. À quoi avions-nous donc affaire ? Il n'en avait pas la moindre idée, sinon que c'étaient des bébés aquatiques, comme dans la vieille histoire indienne. D'après lui, les bébés finissaient par quitter lentement cette région et monter sur la plage où les gens innombrables en mal d'adoption pouvaient faire leur choix parmi eux.

Ann Arbor fut une promenade de santé. Ils rencontrèrent l'entraîneur de natation, rejoignirent le bassin, où le corps *parfait* de nageur de Thad fut grandement admiré. Thad nagea le cent mètres de son mieux, l'entraîneur et sa flopée d'adjoints s'extasièrent tant et plus, et lui proposèrent une bourse complète car il venait de battre de plusieurs secondes le record des dix meilleures universités de la région. Il ne sentit rien d'autre que la joie d'être enfin soulagé du fardeau de la mainmise de John Scott. « Enfin libre ! » se dit-il. Ce n'était bien sûr pas la faute d'Emily, pas plus que Laurie n'était responsable de son crétin de père. Qui sait pourquoi les hommes deviennent des brutes ? Cela commence sans doute très jeune. Il avait dit à Zizi qu'il n'avait pas le droit de frapper Grassouille parce que c'était une fille, et le garçon avait crié : « Conneries ! », car elle lui flanquait souvent de sacrées raclées. Il existe évidemment des filles brutales, mais moins que des garçons.

Sa mère l'emmena à l'aéroport en voiture pour économiser un peu d'argent et il s'envola vers Chicago en première classe. Il ne connaissait pas la première classe et il n'y trouva pas vraiment de différence, sinon que le fauteuil était plus large et qu'il avait droit à une boisson gratuite. À Chicago, il retrouva Emily à l'Admirals Club d'American Airlines. Ils prirent un déjeuner infect en restauration rapide, enregistrèrent leurs bagages sur le vol de Paris, puis en fin d'après-midi prirent la navette pour rejoindre le terminal international. Ils voyageaient en classe affaires, ce qui gêna Thad quand il découvrit que c'était beaucoup plus cher que la classe touriste. « C'est papa tout craché, déclara Emily. Il n'arrêtera jamais de me gâter. »

Ils eurent droit à un repas médiocre, puis Thad, épuisé par son test de natation, dormit plusieurs heures.

Le vol lui parut durer une éternité, mais en début de matinée il fut néanmoins surpris d'apercevoir la France par le hublot. Après la douane, le chauffeur habituel de John Scott à Paris vint les chercher. Thad trouva amusant que les riches dussent toujours tout organiser. Il était hors de question d'atterrir dans une ville inconnue et de prendre un taxi ou le métro, ce devait absolument être une splendide berline Renault. Sur le trajet de l'appartement, ils s'arrêtèrent au traiteur du Bon Marché, situé au rez-de-chaussée du bâtiment, pour acheter ce qu'Emily appela un « pique-nique ». L'appartement de sa tante donnait sur les jardins du Premier ministre et l'on avait aisément l'illusion de manger en plein air. Ce qu'Emily redoutait toujours lors de ses séjours parisiens avec son père, c'était le penchant de John Scott pour les déjeuners et les dîners en tenue de soirée dans les meilleurs restaurants de la ville. Refusant de se laisser intimider, elle avait terrifié son père des années plus tôt, alors qu'elle était adolescente, en déclarant « mépriser » le Taillevent. Ainsi, elle acheta sans compter, du vin, des côtes de veau, une douzaine de fromages, puis elle montra à Thad les harengs, dont il choisit dix préparations différentes. Ils se retrouvèrent épuisés et vaguement honteux, car le pain semblait si bon qu'ils en achetèrent plusieurs sortes.

L'appartement vaste et spacieux incluait tout un mur de baies vitrées donnant par-derrière sur le jardin. Il était au deuxième étage, et Thad trouva le mobilier à la fois sobre et luxueux. La chambre, où trônait un lit à baldaquin, semblait d'un faste un peu ridicule, mais Emily expliqua que sa tante faisait commerce de meubles français anciens, qu'elle expédiait à New York, Chicago et parfois Los Angeles. Après l'infect petit déjeuner pris dans l'avion, il avait faim et il déballa aussitôt leurs courses. Pour un homme manquant absolument d'expérience, tous les fromages puaient mais étaient délicieux, surtout le vacherin et l'époisses. Après avoir mangé un peu de hareng et de jambon, il se jeta à plat ventre sur le lit et, deux heures plus tard, à son réveil, il constata qu'Emily était nue près de lui.

Elle prépara du café, puis ils firent la promenade préférée de la jeune fille dans le jardin du Luxembourg, s'arrêtant pour admirer les magnifiques arbres fruitiers nains, puis ils partirent voir les fleurs du Jardin des Plantes, remontèrent vers Montparnasse, firent halte au Select pour partager une bouteille de brouilly, un excellent vin en été.

En cet après-midi doux et ensoleillé, il ne trouvait aucune explication à sa mélancolie, hormis l'image récurrente des bébés aquatiques quittant leur nid au fond de l'étang pour aller respirer à la surface. On ne pouvait pas y croire, mais ils étaient bel et bien là. Ces images s'imposèrent surtout à Thad quand Emily et lui s'assirent sur un banc du petit parc situé en face de l'hôtel Lutetia, de l'autre côté du boulevard Raspail, où des employés municipaux transplantaient des fleurs. Quel boulot formidable, pensa-t-il alors. À quoi bon vouloir être un gros bonnet ? Pourquoi ne pas se contenter de planter des fleurs en ville ? On gagnait sans doute un maigre salaire, mais on faisait le bonheur des passants. Sur le chemin du retour, il acheta dans un kiosque une carte de France, qu'il déplia sur la moquette du salon, en se disant qu'il y avait peut-être des bébés aquatiques dans la Seine, mais plus probablement dans une rivière à truites citée dans son livre *Les Fleuves de la terre* et située dans le Massif central. Il prit des notes sur une demi-douzaine de fleuves et de rivières où il aimerait sans doute nager, puis il demanda à Emily comment on pouvait s'y rendre. Elle dit aussitôt : « Voiture avec chauffeur », ce qui l'agaça, car il remarqua alors que la facture du pique-nique frisait les quatre cents euros et incluait une seule bouteille de vin à cinquante euros. Sentant son irritation, elle dit que, dès qu'il aurait décidé des endroits où il voulait aller, ils consulteraient une agence de voyages et achèteraient des billets de train. Elle avait envie d'inclure le Guadalquivir, près de Séville, en Espagne, son fleuve européen préféré, à cause du poète Federico García Lorca. Elle aimait ses poèmes et lisait facilement l'espagnol. À douze ans, elle avait visité Séville, Barcelone et

Madrid avec ses parents et elle était tombée amoureuse de ce pays, surtout de la musique et des musées.

Comme il faisait de plus en plus chaud à Paris et que les après-midi devenaient caniculaires, ils se levaient très tôt pour se promener, mais presque tous les jours Thad descendait acheter le *Herald Tribune* à un kiosque pour Emily, puis il se baladait seul, toujours dans le jardin du Luxembourg, où il s'offrait une bonne dose de nature. À dix heures, quand le musée situé au bout de la rue et près de la Seine ouvrait, Emily s'y rendait. Thad découvrit avec stupéfaction qu'un tableau vu en vrai n'avait rien à voir avec la reproduction de ce même tableau dans un livre d'art. Quand il franchissait le seuil d'une salle du musée et découvrait un authentique Van Gogh, la surprise était presque trop forte. Lorsqu'ils rentrèrent à l'appartement, dégustèrent un modeste pique-nique, se déshabillèrent et firent l'amour dans la canicule, il lui avoua timidement qu'il envisageait de devenir peintre. Cette activité lui semblait s'accorder à la nage. La vocation nouvelle de Thad plut à Emily, car elle n'avait pas la moindre idée de ce qu'il aurait pu faire de son talent de nageur. Non qu'il ait eu besoin de gagner sa confiance, mais elle sentait au plus profond d'elle-même qu'il se méfiait de la richesse en général. Étant née riche, elle remarquait à peine le luxe. Quand elle était petite, ses parents et elle se rendaient souvent à San Francisco dans un wagon de chemin de fer privé.

Le lendemain, il faisait trente-huit degrés à Paris. Elle acheta très vite des billets de train pour Marseille et passa quelques coups de fil afin de réserver des chambres d'hôtel. Thad adora le TGV qui roulait à plus de deux cent cinquante kilomètres-heure, et tous ces panoramas de collines, de fermes, de vignobles et du Rhône. Lyon éveilla sa curiosité, mais Emily, qui y avait fait un seul séjour avec son père en voyage d'affaires, ne lui fut pas d'une grande aide. Elle déclara que, selon son père, Lyon était la capitale gastronomique et agricole de la France. Thad prit bonne note de traverser cette ville à la nage à la première occasion, et puis, sans raison particulière, de grimper en haut de la colline abrupte.

À Marseille, ils prirent un train régional et louèrent une voiture en Arles. Puis ils rejoignirent le Nord-Pinus, un hôtel situé sur la place de la ville, où Emily avait jadis séjourné avec ses parents. Thad aima beaucoup leur chambre immense en comparaison des chambres d'un appartement normal. Dans la fraîcheur relative du soir, ils marchèrent jusqu'aux arènes vieilles d'environ deux mille ans, où avaient toujours lieu des corridas. Deux chats faisaient l'amour au centre du cercle de sable et un groupe de jeunes étudiants français les encourageaient. Ils prirent un dîner léger au Galoubet, puis partagèrent une longue et pénible soirée dans leur chambre.

« Je crois que tu ne veux pas m'épouser » fut la phrase qui marqua le début des hostilités.

« Je n'ai pas encore dix-huit ans, et toi dix-neuf. Je trouve que tout va trop vite », répondit-il, la gorge serrée.

Il appela la réception pour commander une double vodka *on the rocks*, car Emily venait de se servir un verre de vin d'une bouteille sortie de son sac de voyage. C'était encore une bouteille à cinquante euros, et il reconnaissait sans le dire que ce vin était délicieux. Pourquoi les bonnes choses sont-elles forcément hors de prix ? Sans doute une question oiseuse. Plus rien n'allait de soi. La double vodka le rendit pinailleur. Tout à trac, il déclara d'une voix d'outre-tombe qu'il espérait mourir seul dans une petite cabane au bord d'une rivière. Elle fondit en larmes. C'est terrible quand, dans un couple, l'amour de l'un dépasse de beaucoup l'amour de l'autre. Il était impossible de la réconforter. Elle était inconsolable. Thad venait de faire voler en éclats les rêves d'Emily qui, de toute évidence, l'incluaient. Il s'assit à la fenêtre en l'entendant renifler dans son dos. Pour lui, un mariage précoce était aussi banal qu'un après-midi passé à nager dans la Manche. Il ressentait une agitation absurde. On part en vacances et on finit assis près d'une fenêtre. L'oreiller d'Emily fut bientôt trempé de larmes. Pour finir, il ne résista pas à la tentation de cette jolie croupe en jupe d'été et l'amour physique ralentit le flot des larmes sans les tarir tout à fait.

« Tout ce que je désire, dit-elle, c'est m'occuper de toi », ce à quoi il ne trouva rien à répondre. Il regretta soudain la causticité de Laurie, cet amour adolescent détruit par le père de la jeune fille. Les filles ignorent souvent l'esprit d'aventure biologiquement inscrit chez les garçons. Il adorait Emily, mais ne croyait pas que cette passion constituait la base d'un amour durable. Et puis il y avait là-bas tout un monde où nager.

Ils quittèrent l'hôtel dans la chaleur de l'aube, surpris de voir aussi peu de Français debout à cette heure. À l'aide de cartes, ils se dirigèrent vers le sud. Il nagea dans le delta du Rhône, puis se sécha avec une serviette de l'hôtel. Il fut complètement conquis par la Camargue et la luxuriance de sa nature sauvage. Puis ils longèrent la Méditerranée vers l'ouest. Grâce aux jumelles de théâtre d'Emily, Thad observa des milliers d'oiseaux. Empêtré dans ses préjugés sur l'Europe, il n'aurait jamais imaginé de tels endroits. Ils s'arrêtèrent sur la route pour regarder un groupe de gardians montés sur des chevaux blancs et gris, munis de longues perches pointues, rassembler un troupeau de bêtes. Un taureau chargea la clôture massive où se tenait Thad. La colère de l'animal meuglant, soufflant sa morve, l'œil rouge, manifestement désireux de le tuer, requinqua le jeune homme. Ce taureau furieux le ravit, tout comme l'immense pâture en grande partie irriguée, de sorte que les bêtes couraient dans une eau peu profonde en effarouchant les oiseaux. Il nagea toute la journée pendant qu'Emily prenait un bain de soleil en lisant un roman policier suédois dont l'auteur espérait apparemment distraire de leur vie terne les habitants de ce pays. Thad fut sensible à cette intention et il désira nager un jour en Suède, à la fin de l'été, quand l'eau serait assez chaude. Il aimait beaucoup les photos aériennes des fjords. En attendant cet autre voyage, toute cette région du delta du Rhône lui fit l'effet d'un paradis enivrant. Si jamais il devenait hydrologue, il comptait bien explorer tous les deltas et les estuaires des grands fleuves du monde. Leur fertilité miraculeuse était le don des eaux.

Ils trouvèrent un petit restaurant où déjeuner, en lisière d'un improbable jardin. À une table, un homme basané jouait magnifiquement de la guitare. Grâce à son français rudimentaire, Emily apprit de la serveuse que cet homme était un gitan et qu'il jouait la musique de son peuple, des mélodies que Thad trouva d'une beauté bouleversante, presque à pleurer. Il saisit la main d'Emily. Elle aussi était très émue, et il se rappela alors qu'Emily pouvait l'emmener dans toutes les nombreuses régions d'estuaires du monde. Devait-il s'interroger sur une sorte de captivité virtuelle ? Quand on n'est pas jaloux de sa liberté, qui le sera à votre place ?

Ils continuèrent de rouler vers l'ouest et Montpellier le long de la côte, et Thad nagea longuement dans la Méditerranée. Emily lui expliqua ensuite que le réseau ferroviaire français se développait en étoile à partir de Paris, comme les rayons d'une roue, et que les trajets transversaux étaient plus problématiques. S'ils voulaient voir à la fois le Guadalquivir et la Loire durant ce voyage, il leur faudrait prendre une voiture plutôt que le train. Cette proposition convint très bien à Thad.

Épuisés, ils rentrèrent en Arles pour un bref dîner au Galoubet, suivi d'une dernière nuit de rêves de mort saisissants. Il se leva pour boire un verre d'eau et regarda un ivrogne traverser la place en titubant et en gémissant. Lorsque nous sommes plongés dans une extrême solitude, nous ne connaissons plus rien de la vie ni de la mort, et la réalité de l'eau nous réconforte. À l'école, il avait longtemps pensé que l'histoire qu'on enseignait était un instrument de terreur. La découverte du destin réservé aux Amérindiens ou aux esclaves peut vous rendre physiquement malade. Il désirait mener une existence aussi affranchie que possible des autres gens, si bien que la perspective de rester sur l'île de la ferme était fort tentante. Toute possibilité d'empêcher les humains de faire subir ce qu'ils faisaient subir aux autres humains semblait exclue. Les membres du Congrès meurent au fond de leur lit.

Dans la lumière limpide du matin et avec les idées claires, il leur sembla plus raisonnable de rendre d'abord visite à la Loire et de s'arrêter à Saumur pour qu'Emily y admire les chevaux et que Thad nage dans le fleuve, avant de rejoindre Lyon pour prendre l'avion à destination de Séville et du Guadalquivir. Emily conduisait bien et il aimait regarder par la fenêtre et somnoler, parfois réveillé en sursaut par ses bébés aquatiques, l'évidence première de son existence, qu'il le reconnaisse ou pas. Il trouvait comique que les gens désirent des miracles, mais qu'une fois confrontés à l'un d'eux ils en soient complètement perturbés. Peut-être que Lazare n'avait pas voulu ressusciter.

Ils atteignirent Saumur à temps pour la manifestation équestre programmée qu'Emily tenait à voir. Il s'agissait d'une étrange chevauchée en formation, un exercice très technique où les colonnes de chevaux s'entrecroisaient subtilement. Saumur est une académie militaire et les cavaliers proposaient une nouvelle définition de la rigueur, mais ils sautaient très haut sans étriers, et Thad admira le niveau de difficulté de leurs exploits. Le cheval et le cavalier semblaient réellement ne faire qu'un. Dans son enfance, sa mère, radicalement allergique aux chiens, lui avait acheté un petit cheval, en fait un poney, qui se comportait comme un chien et dormait dans la cour de la ferme. Chaque matin, quand Thad se réveillait à l'aube, le cheval regardait par la fenêtre, le garçon tendait la main et lui caressait le museau, ce que le poney aimait de toute évidence. Ils se promenaient ensemble dans l'île, et le cheval qui détestait la selle adorait être monté à cru. Bien sûr, l'animal aimait aussi nager et l'étrange sensation de nager tout en étant à cheval lui resta pour la vie.

Après la manifestation équestre de Saumur, ils longèrent la Loire en voiture et prirent une chambre somptueuse dans le château-hôtel le Prieuré à Chênehutte-les-Tuffeaux, sur une colline dominant la Loire. Thad fut tenté de se promener dans la forêt entourant l'hôtel, mais penché au-dessus du garde-fou il se sentit attiré par le fleuve. En venant de Saumur, ils avaient failli percuter une Land Rover remorquant un bateau à moteur. Thad devina que le conducteur était ivre. À la réception, Emily demanda où l'on pouvait nager. « Madame, lui répondit l'employée, il n'y a pas de plages dans les environs. » Emily mima un plongeon puis montra Thad. L'employée de la réception le dévisagea comme s'il était cinglé. Par la fenêtre on voyait la Loire tout en bas, et la jeune femme dessina une petite carte. Thad avait tellement envie de nager qu'ils ne prirent pas la peine de défaire leurs bagages.

Au bord du fleuve, à une centaine de mètres en amont, Emily aperçut le conducteur de la Land Rover qui mettait à l'eau son bateau à moteur, et elle se sentit glacée comme chaque fois qu'elle côtoyait un alcoolique. Le bateau démarra trop près d'un pêcheur qui cria et brandit le poing. Thad se déshabilla, plongea, puis se dirigea avec vigueur vers le milieu du fleuve. Il faisait assez chaud en ce milieu de journée et Emily se sentait somnolente. Elle leva la tête derrière elle et aperçut quelques employés de l'hôtel accoudés tout là-haut au garde-fou pour regarder ces cinglés d'Américains.

Tout se passa très vite. Les accidents ne mettent jamais bien longtemps. On dirait que le temps s'arrête ou s'écoule au ralenti, lorsque deux voitures entrent en collision, un avion tombe du ciel ou deux footballeurs se heurtent en se faisant très mal. Le bateau à moteur rugissait à toute vitesse en décrivant de grands cercles. Thad le vit se diriger vers lui, tout comme Emily, qui cria en vain. Thad se dressa dans l'eau et agita les bras, mais manifestement sans être vu. Le bateau percuta son corps de plein fouet avec un affreux craquement sourd, les deux jeunes passagères se mirent à hurler et un cri jaillit du garde-fou très élevé de l'hôtel. Le bateau vira pour se diriger vers Thad et le heurta à la tête. Les filles à bord hurlèrent de plus belle. L'une attrapa Thad par les cheveux et ils le remorquèrent vers la rive, où Emily courait parmi les broussailles. Le pêcheur furieux téléphonait déjà sur son portable. Thad rêvait qu'il venait peut-être de voir un bébé aquatique dans la Loire. Il vomissait beaucoup de sang, car la proue du bateau l'avait frappé en pleine poitrine. Le sang paraissait brûlant et poisseux sur son torse. Emily s'agenouilla près de lui. Le pêcheur arriva bientôt et releva les épaules de Thad pour lui éviter de se noyer dans son sang. La réceptionniste de l'hôtel arriva à son tour et cria : « *vite !** » dans son portable. Les deux conducteurs du bateau à moteur rejoignirent discrètement leur voiture et s'en allèrent en laissant leurs amies se débrouiller sur place. Autour de Thad, l'herbe était tout humide de sang rouge. Désespérée, Emily le serrait contre elle, puis il y eut un temps mort où Thad respirait en gargouillant et les jeunes passagères sanglotaient. L'ambulance arriva enfin et les infirmiers s'inquiétèrent aussitôt à l'idée que les côtes brisées de Thad risquaient de lui comprimer le cœur. Thad était inconscient, Emily fut certaine qu'il était mort jusqu'à ce qu'il gémisse très fort pendant qu'on le transportait. Elle monta dans l'ambulance et passa un coup de téléphone hystérique à son père. Au petit hôpital de Saumur, un médecin militaire décida que les blessures étaient trop graves pour être soignées sur place, car elles incluaient cinq côtes cassées, une rate explosée, une fracture du dos et une légère fêlure du crâne due au choc violent de la proue du bateau revenu le secourir. En fin de soirée, quand son état fut à peu près stabilisé, un hélicoptère l'emmena à Lyon, en partie grâce aux coups de fil passés par John Scott et parce que l'ambassade américaine avait décidé que, dans l'immédiat, le meilleur hôpital où soigner Thad se trouvait à Lyon. Thad, qui avait un moment sombré dans l'inconscience, se réveilla en arrivant à Lyon, où les premiers soins consistèrent à soulager la pression qui pesait sur son cœur. John Scott arriva le lendemain avec le consul, et ils décidèrent de laisser le blessé passer cinq autres jours à Lyon, après quoi un avion médicalisé rapatrierait Thad à Grand Rapids – encore un précieux avantage réservé à ceux qui ont beaucoup d'argent.

C'est le genre de blessure qui vous convainc que votre vie est terminée. Une pneumonie se déclara bientôt, ses nuits fiévreuses et agitées furent hantées par les bébés aquatiques et une insupportable douleur à la poitrine. La dernière semaine d'août, on le transporta par avion à Grand Rapids, et à la mi-septembre il fut de retour chez lui à la ferme, mais il n'était plus que l'ombre de lui-même.

Par une chaude journée de la fin septembre, sa mère, Dent, Colombe, Emily et Laurie l'aidèrent à traverser une partie de l'île jusqu'à l'étang des bébés aquatiques. Elles préparèrent des sandwiches, puis s'assirent sur la berge en cette journée limpide et lumineuse, même si l'on attendait un orage arrivant par l'ouest, le premier Clipper de l'Alberta descendant du nord-ouest à l'automne. Il s'était un peu querellé avec Emily, tenant absolument à ce qu'elle retourne à Sarah Lawrence à la rentrée universitaire. Ici, ajouta-t-il, les infirmières ne manquaient pas.

Les femmes commirent l'erreur de le laisser au bord de l'étang, et elles rentrèrent à la ferme pour cueillir les dernières tomates d'une récolte généreuse avant les gelées qui s'abattraient sur la région dans le sillage de la tempête. Les filles retourneraient le voir au cours de l'après-midi.

Assis là, il regardait l'étang et il fut ravi quand un bébé aquatique remonta respirer à la surface, puis un autre visage apparut hors de l'eau et le regarda longuement en tournoyant, ce que Thad prit pour un salut. Il avait passé beaucoup de temps à réfléchir au suicide, à cause de la douleur et parce que sa vie lui paraissait fichue. Il n'aurait plus droit à sa bourse d'athlète de l'université du Michigan. Il avait caché dans sa chambre le pistolet de calibre 38 ayant appartenu à son grand-père, mais il finit par décider qu'il ne pouvait pas faire cette peine à sa mère. Il ne supportait aucun des innombrables cachets contre la douleur qu'on lui avait prescrits, car ces médicaments le rendaient somnolent et amorphe. La douleur même était préférable. Il dérivait donc avec ses souffrances, en pâtissant aussi de la démangeaison insupportable due au plâtre qui lui enserrait le buste, et dont le médecin avait un peu réduit la taille pour l'aider à bouger. Il était désormais clair qu'il vivrait et il pouvait marcher d'un pas certes hésitant ; il espérait retourner à Lyon rendre visite à l'infirmière qui s'était principalement occupée de lui. C'était une fille de la campagne comme lui-même était un gars de la campagne ; ils s'étaient parlé dans le français balbutiant de Thad et l'anglais approximatif de la jeune fille. Quand il partit, ils s'embrassèrent. Dans cet hôpital, Emily devint la sœur qu'il n'avait jamais eue. Il ne savait pas quoi y faire, mais tout amour romantique avait disparu. Depuis son retour sur l'île, ses pensées l'entraînaient loin de cet accident improbable vers l'avenir, qui était devenu futile, vers le passé, qui ne l'était pas moins, et vers le présent, d'un instant au suivant, qui s'emparait littéralement de lui. Il soupçonna que c'était sans doute dû au coup qu'il avait reçu à la tête, mais le plus infime filament de réalité brillait d'une lueur intense.

247

L'étang l'attirait. Il savait pourtant que, si jamais le plâtre de poitrine était mouillé, il se désintégrerait. Il en eut soudain assez de toutes ces lourdeurs médicales qui encombraient son existence. Assis sur la berge, il se laissa basculer doucement et entra dans l'eau en roulant sur le côté. Se retrouver enveloppé par l'eau pour la première fois depuis un mois fut délicieux.

Ils étaient exactement treize. Ils lui entourèrent la tête et les épaules pour l'embrasser, palper son plâtre avec curiosité, avant de le pousser vers le chenal qui reliait l'étang à la rivière. Une pensée le traversa : peut-être l'avaient-ils attendu pour entamer leur migration, persuadés qu'il aimerait sans doute se joindre à eux ? À quoi bon passer l'hiver ici, alors que l'étang risquait de geler depuis la surface jusqu'au fond, comme tant d'étendues d'eau peu profonde du nord Michigan ?

Ils se laissèrent couler vers le fond comme s'ils faisaient de nouveau connaissance avec lui, mais ils l'entraînaient sans conteste vers le chenal de la rivière. Il savait que c'était mal, que très bientôt toutes les femmes, y compris sa mère, reviendraient pour accompagner son corps handicapé jusqu'à la maison. Mais pas plus que les premiers disciples du Christ ne purent résister au Messie et continuer d'entretenir leur famille, lui-même ne put résister à ces merveilleuses créatures. Alors qu'il se trouvait dans l'unité de soins intensifs à Lyon, la possibilité de la mort devint moins inquiétante. On devine

l'approche de la mort et, plus d'une fois, son infirmière, la jeune fille de la campagne, le secoua pour
le réveiller. Il souffrait d'une légère septicémie, et
selon les médecins cet empoisonnement du sang
venait de l'eau du fleuve et de la gravité de ses blessures. La septicémie est souvent mortelle, mais le
corps de Thad était jeune et vigoureux.

Il se disait maintenant que le sentiment de la
mort était partout présent dans le monde naturel.
Ce caractère inévitable imprègne-t-il tant la vie quo-
tidienne que les animaux ne prennent plus la peine
d'y penser ni de le craindre ? Des années plus tôt,
une voisine âgée lui demanda d'abattre sa très vieille
chienne malade, et les yeux de la chienne semblèrent
comprendre la nature de leur discussion. À la campagne, on tuait ses animaux plutôt que de payer un
vétérinaire. Thad s'était promené des années avec
cette chienne. Dès que le garçon passait devant la
maison, elle sortait en courant, puis rejoignait sa
tanière située sous la véranda pour l'accueillir, avant
de trottiner à ses côtés le long de la rivière ou dans
la forêt. Mais le jour où il regarda la chienne droit
dans les yeux, le pistolet dissimulé au fond de la
poche de son manteau lui sembla peser une tonne.
Thad ne pouvait tout simplement pas exiler cette
chienne loin de la terre. Ils rejoignirent la ville à
pied, l'animal marchant près de lui, mais Thad dut
le porter sur de longues distances. Il paya le vétérinaire avec son propre argent, une somme exorbi-
tante selon lui, cinquante dollars qu'il avait gagnés

au rythme de cinquante cents de l'heure. Il rapporta la chienne à la femme âgée, dans un sac plastique noir, et l'enterra sous un parterre de fleurs, car elle s'appelait Flower. La mère de Thad étant allergique aux chiens, il n'en eut jamais aucun. La question qu'il se posa durant la longue marche jusqu'à la ville fut celle-ci : la chienne avait-elle la moindre idée de ce qui allait lui arriver ? Elle avait semblé particulièrement gaie ce jour-là, peut-être que les animaux comprennent la mort mieux que nous, un sentiment de commencement, de milieu et de fin qu'ils considèrent avec une lucidité dépourvue de passion. Tout était très calme, tout comme la migration que les bébés aquatiques semblaient préparer. À moins qu'ils n'aient décidé de l'emmener chez le vétérinaire, pensa-t-il avec un soupçon de paranoïa.

Le plâtre commençait à se désintégrer dans l'eau et la nouvelle liberté de mouvement de Thad lui sembla merveilleuse, bien qu'accompagnée d'un surcroît de douleur. Les bébés l'entouraient tandis qu'il sortait du chenal en pensant qu'il avait raté la saison des sauterelles et l'occasion idéale de noyer Friendly Frank. Il lui fallait maintenant s'en remettre à Dent qui, disait-elle, profiterait de la saison de chasse au chevreuil pour « lui faire sauter le caisson » avec son fusil de calibre 30.06.

Il savait qu'à leur retour, les femmes seraient atterrées de ne plus le voir sur la berge. Mais il glissait maintenant au fil de la rivière parmi ses amis qui autour de lui nageaient de-ci de-là comme pour s'amuser.

Alors qu'il traversait la ville, les femmes étaient revenues au bord de l'étang, et une heure plus tard les plongeurs de la police de l'État étaient sur place, ne trouvant bien sûr rien au fond ; et quand le shérif leur apprit qu'un peu plus tôt dans l'été Thad avait rejoint Chicago à la nage, ils comprirent que leurs recherches étaient vaines.

À la tombée de la nuit, Thad avait rejoint l'embouchure de la rivière, où un vent de plus de cinquante nœuds soufflait très fort du lac Michigan. La hauteur des vagues augmentait à chaque instant. Elles s'élevaient déjà à plus de quatre mètres, et le puissant courant de la rivière lui permit à peine de les affronter. Le lac Michigan étant dépourvu de toute marée, les vagues y sont beaucoup plus rapprochées que dans l'océan, si bien que les nageurs comme les bateaux sont impitoyablement malmenés. On monte vers la crête de la vague, puis on est projeté de l'autre côté ou roulé vers le creux suivant. Ses petits amis s'accrochaient à lui et se collaient contre sa peau. Après minuit, alors qu'il nageait vers l'ouest, il fut épuisé et glacé au point qu'ils durent le maintenir au-dessus de l'eau comme une bouée. Toute la nuit, il fut secoué, ballotté, giflé. À l'aube, quand l'orage commença à se calmer, il était plus mort que vif. En milieu de matinée, un hélicoptère des garde-côtes le repéra à plus de soixante kilomètres du rivage. Et quand ils mirent à l'eau le harnais et le brancard, le volontaire descendu au bout de la corde fut certain de voir le blessé apparemment entouré de gros poissons d'environ douze livres chacun. Ce spectacle le stupéfia, mais il passa outre pour suivre la procédure de sauvetage. Quand ils l'eurent hissé dans l'hélicoptère, le médecin découvrit que Thad était presque mort d'hypothermie, mais qu'il survivrait.

Dans une clinique privée proche de Chicago, John Scott parlait avec le psychiatre.

« Nous n'avons apparemment pas beaucoup de choix pour le garder en vie, dit John Scott d'un air perplexe.

— Il faudrait l'enfermer. Exercer sur lui une surveillance de chaque instant. C'est très cher. Et sans fin. Je dirais que c'est à lui de décider.

— À long terme, conclut John Scott, seule la manière douce a une chance de marcher. »

Trois semaines plus tard, Thad, en pleine convalescence, rentra de nouveau chez lui. Son père et Colombe se relayèrent pour le surveiller vingt-quatre heures sur vingt-quatre, aidés par Dent. Ce fut pénible, mais fin octobre ils se retrouvèrent tous les quatre au bord de l'étang, une longueur de ficelle reliant Thad à Colombe. Il ne constata aucun signe de vie sur le plan d'eau et se demanda ce que ses amis minuscules avaient pensé quand l'hélicoptère l'avait hissé hors du lac Michigan.

C'était l'une de ces journées spectrales, ensoleillées et éblouissantes du début de l'automne, après une légère pluie, une journée tiède où l'on discernait dans l'air toutes les odeurs automnales. Ils n'étaient pas assis là depuis plus d'un quart d'heure quand Colombe s'écria : « Regardez ! » Les treize bébés aquatiques arrivèrent très vite dans le chenal, firent le tour de l'étang en nageant à la surface, puis repartirent dans le chenal vers la rivière. Apparemment, pensa-t-il, ils étaient venus dire au revoir. Il entendit son père respirer profondément et marmonner : « Quoi ? » Dent se mit à chanter. Ils étaient là chez eux.

Ce soir-là, assis à son bureau, il regardait le crépuscule en se demandant jusqu'où les bébés aquatiques devraient nager pour trouver l'eau plus chaude dont ils avaient besoin en hiver. Il relisait *Les Fleuves de la terre* et décida de rester en vie pour les accueillir au printemps suivant. Il éteignit la lumière et s'allongea après avoir relu pour la énième fois les chapitres sur l'Amazone et le Nil. On ne pouvait pas nager dans la partie inférieure du Nil, car un hippopotame risquait de vous couper en deux entre ses mâchoires comme il le faisait avec les crocodiles. Les hippopotames se comportaient en fiers propriétaires de leur fleuve. Va-t'en de chez moi, signifiaient-ils.

Il appréhendait l'imminence de l'hiver. Emily essayait de le convaincre d'aller au Costa Rica avec elle, mais il avait le sentiment qu'elle lui forçait la main. Ce matin-là, il avait appelé Laurie et constaté qu'elle ne voulait plus le voir. Elle se sentait *trahie*. Il ne pouvait pas lui en vouloir. Pour son université, Emily développait un projet botanique au Costa Rica et elle lui assura qu'il adorerait l'eau là-bas, dans la baie de Flamingo, où des rochers volcaniques en forme de cônes jaillissaient de l'océan. Tous ces appels du pied le poussèrent à constater une fois encore l'injustice de l'argent dans le monde. Le message était clair : si tu es pauvre, reste chez toi. La seule vraie tentation, c'était qu'il n'avait jamais nagé dans des eaux tropicales, si bien que sa fierté était peut-être déplacée. Pourquoi se geler le cul comme chaque hiver à la ferme à faire du ski de fond tous les jours ? Il se sentit mentalement blessé par les apparitions miraculeuses qu'il avait découvertes. La vie aurait été plus facile sans les bébés aquatiques. Leur présence avait mis son monde sens dessus dessous. L'abattement annonciateur de la dépression s'empara de lui. Il ralluma la lumière et lut l'article « Costa Rica » dans la vieille et miteuse *Britannica* qu'il avait achetée lors d'un vide-greniers à Grand Rapids. Il se rappela ce que son père, qui y était sujet, avait dit de la dépression. Au début du processus, il faut coûte que coûte garder toutes ses antennes en éveil. En fin de soirée, quand on est trop désespéré pour rester allongé et scruter le fond de son âme, il s'agit surtout de ne pas s'apitoyer sur soi. C'était facile pour Thad.

Le jeune et brillant professeur de Michigan State avait déclaré que les poètes et les romanciers faisaient la putain pour le langage, qu'ils auraient donné n'importe quoi en échange d'une bonne page. Thad acceptait volontiers l'idée de faire la putain pour nager, la seule activité qui lui procurait un plaisir absolu et la sensation d'appartenir corps et âme à la terre, surtout quand il nageait dans des rivières ou des fleuves dont le courant enveloppait son corps et l'emportait à son rythme. Pour lui c'était le septième ciel, alors pourquoi s'en méfier ? Et si Emily voulait l'emmener nager au Costa Rica, eh bien c'était seulement une autre forme de putasserie. Qu'y avait-il en jeu, sinon la fierté ? La protestation classique : « On ne m'achète pas », et pourtant si. De toute façon, il finirait comme tout le monde par vendre sa vie à un boulot, comme son père qui éteignait les puits de pétrole en feu, ou sa mère qui avait voué son existence à la ferme. Tout le monde faisait ça. Il réussit même à imaginer qu'il continuerait à le faire à l'âge qu'avait grand-papa quand il est mort, quatre-vingt-un ans, un vieillard progressant vers l'aval du fleuve. Un professeur lui avait autrefois appris que, presque toute sa vie, le grand James Joyce avait été entretenu par une certaine Sylvia Beach. Mais ce professeur n'avait pas dit d'où elle tenait tout cet argent. Était-ce vraiment de l'argent sale ? Ou bien fut-il purifié par la circulation et l'usage ?

Franchement, il se fichait de faire la putain. Au cours des récentes décennies ce mot avait perdu son aura sulfureuse. Il regarda le reflet d'une grosse lune sur la rivière, puis se déshabilla. En quittant sa chambre, il entendit un curieux déclic dans la porte et devina qu'il s'agissait d'un dispositif conçu par Colombe pour l'avertir si jamais il quittait sa chambre. Il traversa très vite le salon et franchit la porte d'entrée. De là, il vit Colombe debout près de la table de la cuisine, en train de parler aux parents de Thad avant de s'éloigner très vite. Peut-être Thad allait-il simplement aux toilettes situées au fond du couloir ? Mais Colombe devait s'en assurer. À ce moment-là, il avait déjà traversé le jardin au pas de course, avant de plonger dans la rivière. Ayant pitié des êtres qu'il aimait, il se contenta de nager quelques minutes, puis il saisit une branche au vol, se hissa hors de l'eau et retourna au petit trot à la maison, sur un sentier bien tracé dont il avait mémorisé jusqu'à la moindre racine pour éviter de se blesser les pieds.

Ils l'attendaient à la porte. Sa mère pleurait et Colombe cria : « T'es chiant, Thad ! » Son père lui servit un peu de whisky, puis sa mère lui frotta le corps avec une poignée de torchons de cuisine qu'elle sortit d'un tiroir. Durant cette baignade absolument délicieuse, il avait nagé dans le sens du courant et vers la lune qui brillait à la fois dans le ciel et sur l'eau.

De retour dans son lit, il se sentit réconforté et complètement désespéré. Dès qu'il trouverait un autre plan d'eau où nager, il y entrerait. Telle était sa nature.